괴테를 읽다

세계문학을 읽다 15

괴테를 읽다

최준호 지음

GOETHE

머리말

괴테의 삶을 살펴보면 유독 '죽음'과 '사랑'이 눈에 띕니다. 먼저, 괴테는 어린 시절부터 동생들을 잃는 아픔을 겪어야 했습니다. 그에게는 다섯 명이나 되는 동생들이 있었지만 결국 모두 세상을 떠나고 말았습니다. 그뿐만 아니라 그는 성인이 되어서도 아들과 아내를 먼저 여의었고, 자신의 절반이라 생각했던 열 살 연하의 실러조차 명복을 빌어줘야 했습니다. 그랬기에 괴테가 겪었을 상실감과 고통은 쉬이 짐작할 수 있습니다. 그리고 그는 계속된 죽음으로 인한 외로움 때문이었는지, 젊은 시절부터 만년에 이르기까지 많은 여성들을 사랑했습니다.

　괴테는 자신의 삶을 "사랑했노라, 괴로워했노라, 그리고 배웠노라."의 세 단어로 표현할 정도로, 인생의 모든 것은 사랑에서 비롯된다고 생각한 낭만주의자였습니다. 그래서 끊임없이 사랑하고 시를 쓰며 편지를 보냈습니다. 다만, 늘 그에게 사랑은 육체적 사랑이 아닌 정신적인 사랑이 우선이었습니다. 또한 괴테는 본인이 체험해 보지 않았거나 뼈저리게 느껴보지 않은 것은 입 밖에 낸 일이 없으며, 연애할 때는 연시(戀詩)만을 썼다고 말하기도 했습니다. 즉, 괴테의 운명적인 여성들과의 만남은 그의 작품 속에 고스란히 스며들어 있는 것입니다.

이렇듯 괴테의 삶과 사랑은 결코 유리될 수 없기에 1부의 'Hello, 괴테!'에서는 괴테가 사랑했던 여인들과 함께 그의 삶을 살펴보고자 했습니다.

팔순을 넘긴 괴테는 문학 이외에도 정치, 과학, 철학, 미술 등 다방면에서 업적을 남기며 사회 전반에 깊은 영향을 미쳤습니다. 그리고 만년까지 집필을 이어나가 결국 자신의 주요 작품들을 완성하기에 이릅니다. 또한 그의 곁에는 10여 년간 거의 매일 대화를 나누고 삶을 공유한 에커만이 있었습니다. 괴테는 그를 제자이자 아들로 여겼으며, 유언장에 유고 정리자로 남길 정도 깊이 신뢰했습니다. 그래서 1부의 'What is 괴테?'에서는 에커만의 《괴테와의 대화》를 중심으로 다재다능했던 괴테의 일상 속으로 다가가고자 했습니다.

2부에서는 본격적으로 괴테의 문학적 성과를 들여다보았습니다. 독일의 질풍노도기를 대표하는 《괴츠 폰 베를리힝겐》, 전 유럽에 괴테앓이를 불러온 《젊은 베르테르의 슬픔》, 괴테식 사랑과 결혼의 대표작 《친화력》, 무려 23시간 동안 쉬지 않고 연기를 해야 한다는 대작 《파우스트》를 다양한 접근 방법을 통해 심도 있게 살펴보았습니다. 또한 괴테는 '세계 3대 시성(詩聖)'으로 꼽힐 만큼 시인으로서 독보적 위상을 지니고 있기에, 지금까지도 회자되고 있는 〈들장미〉와 〈마왕〉을 헤르더의 시들과 함께 살펴보았습니다.

우리 모두에게는 인생의 전성기가 존재합니다. 하지만 괴테처럼 죽을 때까지 성실함과 꾸준함을 유지하며 삶을 이끌어가기란 쉽지 않습니다. 왜냐하면 누구든 보이지 않는 세월의 흐름 속에서 인생의 분수령을 맞이하기 때문입니다. 그리고 이때부터 우리는 어제의 나를 의식하며 대결하기 시작합니다. 하지만 이 내리막길은 누구도 피해 갈 수 없습니다. 그저 강이 바다를 향해 흘러가듯, 불편하지만 있는 그대로의 나를 받아들여야 합니다. 괴테는 이러한 기나긴 자신과의 묵묵한 싸움을 평생 해나갔습니다. 그랬기에 그가 남긴 작품들은 인생이라는 레이스를 뛰고 있는 우리에게 큰 이정표가 될 것이라 생각합니다.

오늘도 송아지의 눈망울을 껌뻑거리며 책을 읽어달라 조르는 딸의 모습에서 괴테를 떠올리고 잠시 스스로를 다잡아 봅니다. 이 책을 함께하는 여러분에게도 항상 괴테라는 행운의 길잡이가 함께하길 바랍니다.

차례

머리말   4

01 괴테의 삶과 작품 세계

Hello, 괴테!   10
What is 괴테?   30

02 괴테의 작품 읽기

괴츠 폰 베를리힝겐   46
젊은 베르테르의 슬픔   66
친화력   86
파우스트   118
들장미, 마왕   144

01

괴테의 삶과 작품 세계

Hello, 괴테!

괴테의 시대

괴테를 알아보기에 앞서, 18세기 급변하던 유럽의 시대 상황을 먼저 살펴보자. 괴테의 대학 시절, 영국에서는 산업혁명이 시작되어 기술 혁신과 사회적·경제적 변화를 불러왔다. 또한 그가 바이마르에서 중년을 보내던 때에는 프랑스 시민혁명을 목격했다. 이렇게 괴테는 무려 두 차례의 혁명과 맞닥뜨리게 된 것이다.

　중세부터 독일은 영주들이 연합하여 황제를 옹립하는 신성로마제국이라는 이름의 연합체였다. 그리고 프로이센과 오스트리아 등이 강력한 공국(군주가 다스리던 작은 나라)으로 입지를 굳혀가고 있었다. 괴테가 태어난 프랑크푸르트는 신성로마제국의 지배를 받는 제국 직할 자유도시였다. 그래서 강력한 체제의 공국들과 동등한 위치였으며, 시민들에 의해 구성된 의회가 막강한 힘을 지니고 있었다. 이렇듯 당시 독일은 공국, 제후국, 자유도시 등의

300여 개 영지로 분할되어 있었기에 단일 국가와 국민이라는 의식이 상대적으로 약했다. 이후 신성로마제국은 1806년 나폴레옹의 압박과 라인동맹 결성으로 인해 해체되었다.

라인동맹은 나폴레옹이 신성로마제국이 해체될 무렵 독일 지역의 영주들을 묶어 결성한 새로운 연합체였다. 하지만 막강하던 나폴레옹의 프랑스는 대륙 봉쇄령과 러시아제국 원정 이후 몰락의 길을 걷게 된다. 이에 따라 기존 나라들의 독립운동이 일어나기 시작했다. 독일도 이 시기에 독립운동이 시작되었으며 민족의식이 성장하게 된다. 이어 1813년 라이프치히 전투에서 나폴레옹이 패배하면서 라인동맹이 해체된다. 이후 1815년 빈회의에서 독일연방이 설립되었고, 오스트리아가 의장국으로 활동하며 느슨한 연합체로 운영되었다. 이에 따라 독일연방국들은 군주제가 중심이 된 절대 권력 체제가 본격적으로 형성되며 절대주의(군주에게 절대적인 권력을 부여하는 정치사상)가 자리 잡기 시작한다.

이처럼 두 차례의 혁명과 여러 차례의 전쟁 등 격변의 시대 상황은 작가 괴테에게 운명적인 행운이었을 것이다. 또한 당대 독일에는 프랑스와 영국의 혁명 상황과는 달리 빼어난 예술가와 사상가가 우후죽순 나타난다. 문학의 괴테와 실러, 철학의 칸트와 헤겔, 음악의 모차르트, 베토벤, 슈베르트, 멘델스존 등이 동시대에 활동했다. 이는 괴테뿐만 아니라 당시 각 분야의 거장들끼리도 서로에게 긍정적인 상승 작용이 일어나, 독일을 전 유럽의 문화적 성장을 견인하는 문화 강국으로 자리 잡게 했다.

괴테의 가정환경

1749년 8월 28일, 괴테는 독일 프랑크푸르트에서 태어났다. 그의 할아버지는 프랑스인이었으나 프랑스를 떠나 프랑크푸르트에 재단사로 정착한다. 이후 부유한 여성과 재혼하여 숙박업을 하게 되었고, 프랑크푸르트에서 큰 영향력을 지니게 된다. 그리고 괴테의 아버지에게 엄청난 유산을 남긴다. 또한 외할아버지는 시민 계층이었지만 뛰어난 지적 능력을 지녀, 프랑크푸르트 법조계의 수장을 거쳐 시장으로 선출되었다. 시장에서 물러난 뒤에는 시장과 유사한 집정관을 맡으며, 시민으로서 올라갈 수 있는 가장 높은 직위들을 역임했다. 덕분에 괴테의 아버지는 고정된 직업이 없었음에도 경제적으로 풍족한 삶을 누렸으며 명예직인 황실 고문관을 맡기도 했다.

그럼에도 괴테의 아버지는 시민계급이라는 신분적 한계에 콤플렉스를 가지고 있었다. 그래서 괴테가 당당한 직업과 사회적 지위를 가진 사람이 되기를 간절히 바랐다. 이를 위해 그는 괴테를 엄격하게 대했으며 수준 높은 교육을 받게 했다. 괴테의 어머니는 감성적이고 명랑하며 이해심이 깊었다. 그녀는 매일 밤 괴테에게 동화를 읽어주었고, 자주 인형극을 접하게 해주었다. 괴테는 그 영향으로 그리스·로마 고전 작가들의 작품을 접하게 되었고, 어려서부터 시를 쓰기 시작했다. 괴테는 부모님에 대해 "아버지에게 삶을 진지하게 살아가는 자세를 배웠고, 어머니에게 이야기를 만드는 즐거움을 물려받았다."라고 밝히기도 했다. 이러한 체계적 교육환경으로 인해 괴테는 8세(1757)에 조부모에게 신년시를 써드리기도 했다.

괴테에게는 누이동생 코르넬리아가 있었으며, 이후 남동생 둘과 여동생 둘이 태어나지만 출생한 지 얼마 되지 않아 죽고 만다. 그리고 괴테가 28세(1777) 때는 유일한 혈육인 여동생마저 갑작스레 병이 들어 세상을 떠나게 된다.

① 그레트헨

14세(1763) 무렵에 찾아온 괴테의 첫사랑. 이웃집 연상 소녀인데, 술집에서 심부름하던 여자였다. 괴테는 그녀를 "믿을 수 없을 정도로 아름다웠다."라고 회상하기도 했다. 하지만 이들은 로미오와 줄리엣보다 이른 사랑이었기에 아직은 미숙했고, 결국 이듬해에 연락이 끊어지고 만다. 그럼에도 괴테는 첫사랑 경험을 문학적으로 승화하여 《파우스트》에서 그레트헨의 모습을 순수하고 아름다운 여성으로 그려냈다. 이 작품에서 괴테는 그녀를 첫사랑이자 비극적 운명의 여인으로 설정하여 '영원한 사랑'의 이미지로 형상화했다.

② 안나 카타리나 쇤코프(케트헨)

괴테는 16세(1765)에 라이프치히 대학교에 입학하여 법학을 공부한다. 당시 라이프치히는 독일에서 가장 앞선 문화도시로 현대적인 문화와 예술을 접할 수 있는 곳이었다. 하지만 본래 법학은 아버지의 뜻이었기에 흥미를 느끼지 못하고 잠시 방황하게 된다. 이 시절 그는 자주 들르던 식당에서 케트헨이라는 애칭으로 불리던 식당 주인의 딸 안나 카타리나 쇤코프에게 첫눈에 반해 사랑을 키워나간다. 또한 그녀와의 사랑을 영감으로 《아네트》라는 시집을 완성해 그녀에게 바친다.
괴테의 초기 시들은 주로 사랑과 와인, 즐거움을 주제로 삼았던 고대 그리스 시인인 아나크레온의 스타일과 유사하다. 또한 이즈음 그녀와의 연애 경험을 바탕으로 한 희곡 《연인의 변덕》을 쓰기도 했다. 그런데 이때는 서로 다른 계급 간 결혼이 허용되지 않았다. 결국 두 사람은 2년 만에 이별하고, 괴테는 폐결핵에 걸려 3년 만에 다시 고향으로 돌아가게 된다.

③ 수산나 폰 클레텐베르크

잇따른 좌절과 고통으로 힘겨웠던 괴테는 고향에 돌아와 수산나 폰 클레텐베르크를 만난다. 그녀는 19세(1768)이던 괴테보다 무려 26세나 연상인 45세 미혼 여성이었다. 어머니의 절친이며 깊은 신앙심을 갖고 있었다. 클레텐베르크는 요양 중이던 괴테의 병실을 자주 방문하여 간호했다. 이때 그녀는 병상에서 반쯤 기억을 잃은 괴테를 위해 매일 성경 구절을 읽어주고 기도하며 위로했다. 괴테는 그녀 덕분에 경건한 신앙을 접할 수 있었으며, 정신적으로도 큰 도움을 받는다. 그래서 《빌헬름 마이스터의 수업시대》에서는 '아름다운 영혼의 고백'으로, 《파우스트》에서는 '영원한 여성성'으로 변주되어 나타난다.

요한 고트프리트 헤르더

괴테는 21세(1770)에 스트라스부르 대학에 입학하여 법학 공부를 이어나간다. 이때 헤르더가 파리 여행을 마치고 스트라스부르에서 눈병을 치료하기 위해 체류하고 있었는데, 괴테는 5년 선배인 그를 자주 방문하여 이야기를 나눈다. 이후 괴테는 헤르더의 자유분방한 사고와 독창적이고 해박한 지식에 큰 영향을 받게 된다. 이로써 괴테는 자연을 통한 문학적 접근, 개인 내면 감정의 진정성, 프랑스 스타일의 세련된 형식이 아닌 독일 민족적인 요소의 필요성 등을 고민하기 시작한다.

당시 독일 문학은 종교와 계층 등 봉건적인 구조에 맞서 이성과 합리성으로 현실을 개혁하려는 계몽주의가 중심적인 흐름을 이루었고, 프랑스 고전주의의 영향을 받아 형식미와 미사여구를 중요시하는 기교의 장이 되어 있었다. 헤르더는 이러한 경향에 문제를 제기하며 이후 독일의 '질풍노도 운동'의 이론적 기반을 마련하기에 이른다.

질풍노도 운동의 핵심은 합리주의에서 비합리주의로, 질서에서 혁명으로, 프랑스적 고전에서 셰익스피어로의 전환을 주장한 것이다. 괴테도 이후 '질풍노도 운동'에 참여하여 독일 문학을 세계에 널리 알리는 역할을 하게 된다. 당시 괴테와 헤르더의 만남은 훗날 독일 문학의 기폭제가 되었다.

④ 프리데리케 브리온

스트라스부르 대학 시절, 평소 알고 지내던 한 소녀가 뜻밖에 괴테에게 사랑을 고백한다. 그녀는 마을 목사의 딸인 프리데리케 브리온이었다. 괴테도 제젠하임으로 소풍 갔을 때 청순한 그녀에게 반했으며, 둘은 서로의 마음을 확인하고 사귀기 시작한다. 괴테는 그녀와의 사랑을 모티프로 〈5월의 노래〉, 〈환영과 이별〉 등의 시를 담은 《제젠하임 시가집》을 펴낸다. 이는 괴테의 초기 시 경향인 아나크레온 스타일과는 다르게, 자연과 사랑을 결합한 민요풍 서정시 경향을 띠고 있다. 이러한 괴테의 시들을 '제젠하임의 시'로 분류하기도 한다.

하지만 약 1년 뒤, 괴테는 법학박사 학위를 받고 나서 갑자기 프랑크푸르트로 돌아가 그녀에게 편지를 써서 이별을 알린다. 충격을 받은 프리데리케는 평생을 독신으로 살았고, 이후에도 괴테는 이 같은 무책임한 도피 행태를 여러 차례 보인다. 비록 여러 사랑 경험을 발판 삼아 괴테가 위대한 시인의 반열에 오르기는 했지만, 이러한 그의 행위는 자신의 창작과 열정을 위해 여성들을 불가피하게 희생시켰다는 도덕적 비난으로 이어지게 된다.

괴테는 22세(1771)에 프리데리케와 작별하고 귀향하여 프랑크푸르트에서 변호사 일을 시작한다. 하지만 문학에도 손을 놓지 않아 《괴츠 폰 베를리힝겐》의 초고를 완성한다. 이 작품은 시인이자 모험가인 베를리힝겐의 회고록을 각색한 것인데, 중심인물인 바이슬링겐이 약혼녀 마리아를 버리고 아델하이트의 유혹에 넘어가 독살당하는 에피소드가 나온다. 이는 괴테가 여성들을 대했던 태도에 대한 일종의 자아 성찰이라고 볼 수 있는 대목이다.

⑤ 샤를로테 부프

괴테는 23세(1772)에 아버지의 말씀에 따라 베츨라 고등법원으로 가서 견습 생활을 시작한다. 그리고 이 시절 무도회에서 만난 샤를로테 부프의 지성과 미모에 반한다. 그녀는 어머니 없이 아버지와 어린 동생들을 돌보며 집안의 실질적인 가장 역할을 하고 있었다. 그럼에도 그녀는 늘 밝고 쾌활하고 순수해서, 괴테는 그녀를 볼 때마다 감동했다. 괴테는 열심히 편지를 쓰며 자신의 감정을 그녀에게 전했다. 하지만 그녀의 마음은 움직이지 않았고, 그녀와 케스트너의 결혼 소식을 전해 들은 괴테는 큰 충격을 받고 다시 고향으로 돌아간다.

그러던 중 견습 생활 시절 알게 된 서기관 칼 빌헬름 예루살렘이 친구의 아내에게 연정을 품고 괴로워하다가 권총으로 자살했다는 소식을 접하게 된다. 괴테는 동병상련의 심정을 느끼며 외부와의 연락을 차단하고, 친구 예루살렘의 죽음과 샤를로테와의 이루어질 수 없는 사랑을 소재로 4주 만에 《젊은 베르테르의 슬픔》이라는 소설을 완성한다. 이 작품은 당시에는 금기시되던 비도덕적이고 충격적인 소재와 결말로 혹독한 비판을 받았다. 그러나 출간 즉시 유럽 젊은이들에게 큰 인기를 끌게 된다. 이로 인해 스물다섯 살이던 청년 괴테는 독일 최고의 작가로 '질풍노도 운동'의 중심에 서게 되었고, 독일 문학이 세계 문학의 전면에 등장하게 된다.

⑥ 엘리자베트 쇠네만(릴리)

단숨에 성공 가도를 달리게 된 26세(1775) 괴테는 릴리라고 불리던 16세의 엘리자베트 쇠네만과 다시 사랑에 빠진다. 그녀는 프랑크푸르트의 부유한 은행가의 딸로, 사귄 지 3개월 만인 1775년 4월에 정식으로 약혼까지 하게 된다. 그러나 그녀가 속한 사교계에서 이를 탐탁지 않게 여겼으며, 부모님도 반대해 상황이 점점 악화되어 갔다. 그래서 괴테는 이 상황을 벗어나기 위해 잠시 스위스로 도피 여행을 떠난다.

결국 괴테는 1775년 10월에 바이마르 공국의 영주 아우구스트 공의 초청을 받고 떠나게 됨으로써, 끝내 둘은 결혼에 이르지 못하게 된다. 이 시절 괴테는 사교적 생활을 위한 기회시(機會詩, 특별한 날 또는 환영·송별·청원·감사와 같은 특별한 동기에서 지은 시)와 릴리를 모티프로 한 서정시를 많이 남긴다. 이전 프리데리케를 위한 '제젠하임의 시'에서는 사랑의 감정을 자연에 녹여냈다면, '릴리의 시'에서는 혼란스러운 마음속 사랑의 향기를 독백체로 풀어낸다. 비록 '제젠하임의 시'나 문학의 전통적인 규범을 뛰어넘는 혁신적인 '위대한 찬가'에 비해 무게감은 떨어지지만, 괴테의 질풍노도 운동을 중심으로 한 초기 프랑크푸르트 시대(1757~1775)의 마감에 맞물려 당시 그의 번민을 살펴볼 수 있다는 점에서 의의가 있다.

바이마르 시대의 시작

1775년에 괴테는 프랑크푸르트를 떠나 제2의 고향이 된 바이마르 공국으로 거주지를 옮긴다. 그곳에서 잠시 체류한 뒤 이탈리아로 여행을 떠날 예정이었지만, 괴테는 이곳에서 10년 넘게 머물게 된다. 이는 칼 아우구스트 공작의 전폭적인 신뢰와 적극적인 후원의 영향도 있었겠지만, 이후 독일 문화의 황금시대가 바이마르에서 시작될 것 같은 역동성과 예술적 분위기를 민감한 괴테가 직감했기 때문이라고 추측된다.

괴테는 젊은 군주의 절대적 신뢰를 받으며 내각에서 총리 등 여러 직책을 10여 년간 수행한다. 또한 그는 시인이자 작가, 연극 감독, 과학자 등으로 활동하며, 바이마르에서 국가 재정, 전쟁, 도로 건설, 광업, 궁정 오페라, 축제 등을 관장했다. 그리고 혁신적인 사고방식으로 문화 정책을 추진하며 재능 있는 인재에게 문호를 개방한다. 이 영향으로 바이마르는 '천재들의 도시'라는 별칭을 얻을 정도로 유럽의 인재들이 모여들게 되었고, 유럽 문화와 학문의 중심지로 자리 잡게 된다.

1776년에는 괴테의 주선으로 헤르더가 바이마르의 교구 감독을 맡는다. 바이마르에는 계몽주의 문학가 빌란트도 살고 있었고, 이후에 고전주의 문학가 실러도 정착하게 되는데, 그럼으로써 이곳은 독일 지성의 허브로 도약한다. 또한 독일의 민족적 문화와 예술적 자유를 추구하며 질풍노도 시대를 열었던 괴테는 경제 관료로서 그의 자유주의 이념을 경제 이론과 현실에 적용하여, 자유 경제와 시장주의를 바탕으로 하는 유럽 자본주의의 토대를 제공하기도 했다.

이렇듯 괴테를 중심으로 한 바이마르는 독일 역사상 유례가 없는 경제적·문화적 발전을 이루었고, 이를 바탕으로 독일은 유럽에서 영향력 있는 국가로 자리매김하게 된다.

⑦ **샤를로테 폰 슈타인**

'독일의 아테네'라 불리던 지성의 중심지, 바이마르에 체류하던 괴테에게 가장 큰 영향을 미친 사람은 시인이나 철학자가 아니라 한 여성이었다. 그녀는 바로 충신인 슈타인 남작의 아내인 샤를로테 폰 슈타인 부인이다. 슈타인 부인은 품위와 교양을 갖춘 여자였다. 그리고 괴테의 작품에 조언할 만큼 예술적 감각도 남달랐다. 괴테는 자신을 깊이 이해하고 후원을 아끼지 않는 그녀를 문학적 동반자로 여겼다. 또한 그녀 덕분에 거친 질풍노도의 격정을 다스릴 수 있었다. 비록 그녀가 자신보다 일곱 살 연상의 기혼자였기에 그 사랑은 이루어질 수 없었지만, 괴테는 그녀에게 1800통에 달하는 편지를 보낼 정도로 10년 동안 열정을 쏟는다. 이 시절 괴테는 〈사냥꾼의 저녁 노래〉, 〈방랑자의 밤 노래〉 등 슈타인 부인을 향한 연시(戀詩)도 썼는데, 슈베르트와 리스트 같은 작곡가들이 이 시들에 곡을 붙이기도 했다.

괴테는 바이마르에서의 성공적인 공직 수행과 칼 공작의 두터운 신임으로 33세(1782)에 황제 요제프 2세로부터 귀족 칭호를 받기도 했다. 그러나 늘 괴테의 가슴속에는 창작에 대한 목마름이 있었다. 이는 "나는 날개를 가지고 있으면서도 하늘로 날아오를 수 없다."라는 슈타인 부인에게 보낸 편지 구절을 통해서도 알 수 있다. 당대 최고의 엘리트였던 헤르더도 초청했지만 그렇다고 괴테의 갈증이 해결되지는 않았다. 결국 괴테는 슈타인 부인에게 한마디 말도 없이 예전부터 동경해 왔던 이탈리아를 향해 도망치듯 여행을 떠난다.

이탈리아 여행

1786년 9월 3일 새벽. 괴테는 칼 공작, 슈타인 부인, 헤르더 등과 휴양차 칼스바트에 머물다가 아무도 모르게 빠져나와 로마로 향한다. 괴테는 3년 동안 나폴리, 시칠리아 등 이탈리아의 명소를 돌아보고, 화가 및 고고학자 등과 교류하며 고대 유적을 탐구하기도 했다. 그리고 이것은 그에게 기대 이상의 성과를 가져다주었다. 이제 그는 셰익스피어보다 고대 로마를 동경하게 된 것이다. 줄곧 계속됐던 그의 갈증도 고전주의를 통해 점차 해결되기 시작했다.

이를 바탕으로 그는 고전주의 문학의 대표작인 《타우리스섬의 이피게니에》를 완성한다. 이는 바이마르에서 산문 형식으로 집필한 것을 운문 형식으로 개작해 완성한 것으로, 고대 그리스의 3대 작가인 유리피데스의 작품에 고전주의를 접목한 것이다. 유리피데스의 원작과는 다르게 여주인공 이피게니에가 갈등을 해결하고 인간성을 구제하는 핵심 역할을 하는데, 이는 기존의 신 중심 문학이 인간 중심 문학으로 바뀐 것으로 괴테의 독창성이 드러난다. 또한 이피게니에가 슈타인 부인의 면모를 띠고 있는 점도 주목할 만하다. 괴테는 슈타인 부인으로부터 노망쳤으나, 작품 속에 그녀의 본질을 형상화한 것이다. 따라서 《타우리스섬의 이피게니에》는 괴테의 예술적 성숙함과 슈타인 부인의 영향이 결합된 결과물이라 할 수 있다.

괴테에게 고전주의는 청춘에 해당하는 '질풍노도'와 만년에 해당하는 '낭만주의'의 중간에 해당한다. 그렇기에 질풍노도의 격정과는 다른 조화미와 우아함을, 낭만주의의 자유분방함과는 다른 고전적 균형미를 보인다.

⑧ 크리스티아네 불피우스

1788년 6월, 스위스를 거쳐 바이마르로 돌아온 괴테는 23세의 여인과 동거를 시작하여 주변 사람들에게 충격을 안겨준다. 이번 사랑의 주인공은 공장에서 꽃을 다듬는 여직공 크리스티아네 불피우스였다. 당시 크리스티아네는 괴테에게 오빠의 취직을 부탁하러 갔는데, 신분이 낮음에도 위축되지 않는 크리스티아네의 당돌한 모습이 괴테의 마음을 흔들었다. 그러나 둘은 신분과 환경이 서로 달랐기에 동등한 대우를 받을 수 없었다. 그녀는 사교 모임에 참석할 수 없었고, 괴테의 손님을 응대할 수도 없었다. 사교 모임에서는 두 사람의 스캔들에 대해 떠들어대며 오래가지 못할 것이라 예상했다. 하지만 두 사람은 다섯 명의 자식을 두었으며, 괴테는 크리스티아네를 향한 왜곡된 시선에 신경 쓰지 않고 사실혼 관계를 유지한다. 그러다 57세(1806) 때 18년간의 동거 생활을 끝내고 공식적인 결혼식을 올린다. 이 결혼은 나폴레옹 전쟁 당시 프랑스 점령군들이 괴테의 집에 침입했을 때 크리스티아네가 목숨을 걸고 군인들을 쫓아낸 것이 결정적 계기가 되었다. 이를 통해 크리스티아네는 괴테에게 단순한 연인 이상의 의미 있는 존재로 인식된 것이다.

크리스티아네는 교육 수준이 높지 않았으나 똑똑해서 많은 손님을 접대하고 집안 살림을 하는 것에 뛰어났다. 또한 괴테가 자유롭게 작품 활동을 할 수 있게끔 내조도 잘했다. 괴테도 아내가 원하는 방식으로 가정을 꾸려나갈 수 있는 안락한 환경을 제공해 줌으로써 두 사람은 서로의 영역을 침범하지 않고 존중하며 크리스티아네가 죽을 때까지 28년간 가정의 평안을 유지할 수 있었다.

그녀는 51세(1816)의 나이로 괴테보다 먼저 세상을 떠난다. 그러자 괴테는 그녀의 죽음을 애도하며 묘비에 "오 태양이여, 너 헛되이 애쓰고 있구나. / 무한 구름으로부터 얼굴을 내밀려고. / 내 평생 이룬 모든 업적을 다 잃는다 해도 /

> 어찌 너를 잃은 슬픔에 비하랴."라는 추모시를 남긴다. 크리스티아네는 괴테가 사랑한 다른 여인들과는 달리 작품에 직접적인 영감을 주는 뮤즈는 아니었다. 하지만 그녀는 인생의 동반자이자 생명의 은인이었으며, 괴테가 여러 번 종군했음에도 안정적으로 창작 활동을 할 수 있게 지원한 조력자였다.

프리드리히 실러

1794년 7월 20일, 독일 문학사에서 중요한 사건이 발생한다. 괴테와 실러가 예나에서 열린 '자연 연구 강연회'에서 우연히 만나게 된 것이다. 괴테는 이날을 '행운의 사건'으로 회고하기도 했다. 물론 두 사람이 초면은 아니었다. 둘은 1788년에 처음 만났으며, 같은 해 실러는 괴테의 주선으로 예나 대학의 역사학 교수 자리를 맡기도 했다. 하지만 괴테는 실러의 《도적떼》가 지나치게 격정적이라고 여기며 본인과 문학적 성향이 다르다고 생각해 거리를 두고 있었다. 실러도 괴테의 안정적인 지위와 명성에 부러움과 열등감을 느끼고 있었다. 하지만 이후 실러가 만든 문학 잡지인 《호렌》에 괴테가 참여하면서 둘은 협력 관계를 이루게 된다.

괴테와 실러는 애초 사유의 방향이 전혀 달랐다. 실러는 인간의 자유 이념을 추구한 이상주의자였다. 그래서 그는 문학 작품을 통해 카타르시스를 얻기보다는 억압적인 현실을 극복하고 도덕적

정의를 실현하고자 했다. 반면, 괴테는 자연과 경험을 중시하는 사실주의자였다. 그래서 그는 문학 작품에 이념을 담는 것은 독이 되어 문체를 이해하기 어렵게 만든다고 생각했다. 즉 실러가 현실에 없는 이상 세계를 형상화하고자 했다면, 괴테는 자연과 인간을 있는 그대로 표현하고자 했던 것이다.

이랬던 두 사람이 예나에서의 만남을 계기로 가까워지게 된 것은 칸트의 철학이 영향을 미쳤을 것으로 보인다. 실러는 늘 칸트 철학을 심도 있게 탐구했다. 그리고 괴테는 개별적인 경험을 바탕으로 보편적인 법칙을 찾아내고자 했기에 "인식은 곧 경험"이라고 했던 칸트의 철학과 닿아 있었다. 결국 실러와 괴테는 서로 다른 방향에서 동일한 목표를 이루고자 했음을 뒤늦게 깨달은 것이다.

'행운의 사건' 이후 두 사람은 직접 만나거나 편지를 주고받으며 서로의 작품에 대한 이야기를 나누었다. 실러가 《빌헬름 텔》의 배경이 되는 스위스에 가본 적이 없어 어려움을 겪고 있었는데, 스위스 여행 경험이 있던 괴테가 도와주어 작품을 완성할 수 있었다. 괴테도 《파우스트》를 포기하려고 할 때마다 실러의 조언과 격려 덕분에 계속 이어갈 수 있었다. 둘은 공동으로 풍자시집 《크세니엔》을 출간하기도 했다.

지금도 바이마르 국립극장에 가면 괴테와 실러의 동상을 볼 수 있다. 당시 괴테는 국립극장장을 맡았었고, 실러는 각색, 연출, 연습 등의 실무를 맡았었다. 이 동상의 흥미로운 점은 두 사람의 크기가 거의 같다는 것이다. 실제로 실러의 키는 190센티미터 정도였고, 괴테는 160센티미터가 좀 넘었다고 한다. 그런 두 사람을 같은 크기로 만든 것은, 위대한 두 사람을 나란히 존경하는 의미가 숨겨져 있지 않을까.

이후 둘은 공동 작업이 많아지자, 실러는 예나 대학의 교수직을 사임하고 1799년에 바이마르로 이주한다. 그리고 둘의 활동으로 '바이마르 고전주의'가 완성되어 독일은 물론 세계문학의 중심에 우뚝 서게 된다. 이들의 우정과 협력은 1805년 실러가 세상을 떠날 때까지 지속되었다. 그의 사망으로 큰 충격을 받은 괴테는 "내 존재의 절반을 잃은 것 같다."라는 말로 비통한 마음을 표현했다. 이 비유는 오늘날에도 사랑하는 이를 떠나보낼 때 흔히 사용된다.

⑨ 민나 헤르스리프

괴테는 만년에도 세 번이나 연애를 한다. 1807년, 58세의 괴테는 작품 구상을 위해 잠시 바이마르를 떠나 예나에 머문다. 거기서 서점 주인 프롬만의 집에 자주 방문하게 되는데, 이때 그녀의 양녀인 민나 헤르츠리프에게 연정을 느낀다. 괴테는 프롬만과 친분이 있어서 민나가 어릴 적부터 알고 있었지만, 성숙해진 그녀를 보자 갑작스레 매료되어 버린 것이다. 하지만 당시 괴테는 크리스티아네와 결혼한 지 얼마 되지 않았기에, 이 사랑이 가져올 후폭풍을 인지하고는 의식적으로 그녀를 피하다가 그곳을 아주 떠나버린다.

괴테는 민나와의 만남을 통해 인간의 감정과 도덕적 윤리 사이에서 갈등을 겪고, 체념의 가치를 깨닫게 된다. 그는 이러한 경험을 바탕으로 격정적 사랑을 담은 《친화력》을 집필한다. 인간의 윤리와 본능적인 사랑의 충돌을 다룬 작품인데, 자연과학의 이론을 활용하여 객관적인 관점을 유지하고 있어서 인간관계의 복잡성과 사랑의 본질에 대해 깊이 성찰한 괴테의 마음을 엿볼 수 있다.

⑩ 마리안네 폰 빌레머

1814년 여름, 괴테는 페르시아 시인 하피스의 시집 《디반》을 읽고 자극을 받아 '서방 시인의 동양적인 시'라는 뜻의 《서동 시집》을 집필하기로 마음먹는다. 그래서 65세의 나이에 고대 독일의 유적지를 직접 탐방하려고 라인과 마인 지방으로 여행을 떠난다. 그리고 8월 초, 고향 프랑크푸르트의 빌레머 집에서 잠시 머문다. 이때 자신보다 훨씬 어린 30세의 마리안네에게 끌리게 된다. 괴테가 마리안네에게 끌린 이유는 미모뿐만 아니라 뛰어난 시적 재능 때문이었다. 괴테는 《서동 시집》에 몰두하며 두 달간 여름을 보내면서 마리안네와 급격하게 가까워졌다. 하지만 마리안네는 빌레머와 결혼하게 되고, 그해 겨울 괴테는 그녀와 편지를 주고받으며 《서동 시집》의 〈줄라이카의 서(書)〉에 들어갈 몇 편의 연시(戀詩)를 쓴다.

이듬해인 1815년 8월, 괴테는 빌레머의 별장에서 4주간 머물며 마리안네와 다시 만난다. 그리고 이때 〈줄라이카의 서〉에 들어갈 시들을 창작한다. 또한 마리안네 역시 괴테의 연시에 대한 답시로 시적 재능을 선보인다. 마리안네의 재능을 눈여겨본 괴테는 그녀의 시들을 《서동 시집》에 담았으며, 마리안네의 유언에 따라 죽은 지 10년 뒤, 괴테 사후 32년이 되는 해에 세상에 밝혀졌다. 그리고 보름달이 뜬 9월의 어느 밤, 괴테는 마리안네와 보름달이 뜰 때마다 서로를 생각하기로 약속하고 그녀 곁을 떠나 바이마르로 돌아오게 된다.

사랑할 수 없는 여인을 사랑한 탓에 결국 이별하게 되었고, 괴테는 마리안네와 헤어진 절절함을 시에 담아낸다. 이후 크리스티아네와 사별한 뒤 빌레머가 그를 위로하려고 초대했지만, 괴테는 이를 거절하고 두 번 다시 그들 부부를 만나지 않았다. 다만 1832년 2월 29일, 괴테는 죽음을 직감한 듯 자신의 사후에 개봉하라는 당부를 담은 마지막 편지와 그동안 마리안네와 주고받은 시들을 그녀에게 보낸다. 그리고 몇 주 뒤 괴테는 세상을 떠난다.

⑪ 울리케 폰 레베초프

1821년 여름, 아내를 먼저 떠나보낸 72세 괴테에게 드디어 마지막 사랑이 찾아온다. 괴테는 1815년에 바이마르 재상으로 임명되어 부와 명예는 물론 주변의 존경을 받았는데, 뜻밖에도 17세 소녀를 마음에 품게 된다.
이 소녀는 괴테가 온천을 즐기려고 방문한 마리엔바트에서 만난 울리케 폰 레베초프이다. 둘의 인연은 1806년으로 거슬러 올라간다. 그때 괴테는 온천지 카를스바트에서 대학생 시절에 알았던 친구인 브뢰지케의 딸(아말리에 폰 레베초프)과 만난 적이 있었다. 당시 그녀는 두 살짜리 딸을 둔 유부녀였다. 이후 1810년, 테플리츠에서 미망인이 된 아말리에기 어린 세 딸을 데리고 나타나 괴테와 반갑게 해후한 적도 있었다. 그런데 그로부터 11년이 지난 1821년 7월 29일, 마리엔바트에서 만난 어느 백작의 초대로 가게 된 곳이 운명적이게도 아말리에가 운영하는 숙소였다. 그녀는 가족과 함께 그곳에 살고 있었고, 그녀의 첫째 딸이 바로 울리케였다.
울리케는 외할아버지 친구이자 훌륭한 학자라고 알고 있는 괴테를 무척 믿고 따랐다. 반면, 괴테는 울리케를 보고는 파우스트처럼 다시 청춘으로 돌아가고 싶어 했다. 마침 울리케는 스트라스부르의 기숙학교에 다니고 있었고, 괴테 역시 그곳에서 대학을 다녔던 터라 함께 대화를 나누며 당시 신간이었던 《빌헬름 마이스터의 편력시대》를 선물하기도 했다. 괴테는 다음 해에도 마리엔바트에 방문해 울리케와 친밀감을 이어나갔고, 그다음 해인 1823년에도 방문했다.

그는 울리케에게 〈들장미〉, 〈발견〉 등을 낭송해 주었고, 무도회에서 함께 춤을 추며 꿈을 현실로 만들기 위해 노력했다. 드디어 괴테는 울리케에게 청혼을 하기로 마음먹는다. 그러나 어린 소녀에게 직접 청혼하는 것은 바람직해 보이지 않아서, 아우구스트 대공(大公)에게 그녀의 어머니에게 중매를 넣어달라고 부탁한다. 처음에는 장난이라고 여겼던 대공도 결국 그의 진지한 모습을 보고는 아밀리에를 찾아 대신 뜻을 전했다. 혼란에 휩싸인 울리케는 고심 끝에 어머니를 통해 거절의 뜻을 전달한다. 하지만 시간이 흐른 뒤 울리케는 "어머니가 원하기만 했다면 나도 결혼을 허락했을 것"이라고 말하기도 했다.

울리케의 거절로 괴테는 자신의 한계를 참담하게 받아들여야만 했다. 울리케에 대한 사랑과 시련은 그의 생애에서 최고의 연시인 〈마리엔바트의 비가〉를 탄생시켰다. 이 시는 연인과 사랑하다가 천국에서 추방된 인물의 번민을 표현하고 있는데, 추방당한 이는 바로 괴테의 페르소나일 것이다.

만년의 괴테

1823년, 괴테를 존경하던 에커만이 찾아와 조수 역할을 맡는다. 그리고 훗날 에커만은 괴테와의 경험을 모아 《괴테와의 대화》를 펴내기도 했다.

만년의 괴테는 1825년 영국의 첫 철도 개통, 1830년 프랑스 '7월

혁명' 등 당대 주요한 정치적·사회적 변화에 주목했다. 또한 헤겔, 쇼펜하우어, 하이네 등 유명 인사들과 교류도 이어갔다. 이러한 괴테의 끊임없는 탐구와 철저한 자기 계발은 다방면에 걸친 업적으로 이어졌으며, 《이탈리아 기행》, 《시의 진실》, 《파우스트》 등 젊은 시절부터 구상하여 집필하던 것들을 완성함으로써 문학적인 성과를 이루기도 했다.

1832년 3월 22일 오전 11시 30분경, 83세의 괴테는 바이마르에서 심장마비로 생을 마감한다. 그는 서재 옆 소박한 침실의 안락의자에 앉아 "더 많은 빛을!"이라는 마지막 말을 남긴 것으로 전해진다. 이후 괴테는 '바이마르 역사 묘지'에 안장되었으며, 그의 오랜 친구였던 실러와 나란히 눕게 되었다.

What is 괴테?

괴테는 《젊은 베르테르의 슬픔》을 시작으로 죽기 전 완성한 《파우스트》까지 수많은 작품으로 유럽에서 명성을 떨친 작가이자, 바이마르를 전성기로 이끈 재상이었으며, 자원이 부족한 공국을 위해 자유무역과 시장경제를 도입한 정치가였고, 해부학을 비롯해 식물학, 광물학, 색채론 등 자연과학 분야에도 능통한 과학자였다.

괴테와 10여 년 동안 만남을 가졌던 에커만은 《괴테와의 대화》를 저술했는데, 이 책은 괴테를 가장 객관적으로 조망하고 있다. 그럼 지금부터 《괴테와의 대화》를 참고하여 과학자 괴테, 철학자 괴테, 문학가 괴테의 모습을 살펴보자.

과학자 괴테

나는 그에게 개인적으로 괴테를 잘 아는지 물었다. 그는 미소를 띠며 잘 안다고 답하면서 한마디를 덧붙였다.

"나는 20년 넘게 그의 시종으로 지냈습니다." (중략)

나는 괴테가 이곳으로 막 왔던 때도 아주 쾌활했는지 물었다. 그는 "그럼요!"라고 답했다. 그러고는 사람들과 쾌활하고 즐겁게 지내면서도 도를 넘는 경우는 한 번도 없었고, 그는 늘 조심성이 많았다고 덧붙였다. 또 항상 일하느라 바빴고 예술과 학문에 열정적으로 매달렸으며, 그런 일상을 되풀이했다고 한다. 저녁때 대공이 자주 찾아와 둘은 밤늦게까지 학문적인 이야기를 나누었는데, 그는 종종 '도대체 대공은 언제 돌아가실까?' 하고 생각할 정도였다고 했다.

– 1823년 11월 13일 목요일

우리는 흔히 '누군가를 판단할 때 그 주변을 둘러보라'고 말한다. 괴테 곁에서 20년을 시중들던 사람이 기분 좋은 말투로 에커만의 요청에 응하는 것만 보아도, 괴테는 지위 고하를 막론하고 누구에게나 친절했던 것으로 생각된다. 또한 늘 자기 관리에 철저했으며, 일과 예술, 학문에 열중했던 인물이었다. 대공과 밤늦게까지 시간 가는 줄도 모르고 학문 이야기를 주고받는 학구열이 쌓여 지질학이나 광물학을 비롯한 자연과학에도 능통하게 된 것이 아닐까.

"자연 연구는 그때부터 그의 큰 관심사였습니다. 한번은 한밤중에 종이 울려서 그의 방에 가보니까, 쇠로 된 회전침대를 방 안 깊숙한 곳에서 창가 쪽으로 옮겨놓고 그 위에 누워서 하늘을 바라보고 있었습니다. 저한테 하늘에 아무것도 안 보이냐고 묻기에, 아무것도 안 보인다고 했지요. 그랬더니 야경(夜警)한테 가서 하늘에서 뭔가를 못 보았는지 알아보라 하셔서 곧장 야경한테 달려갔지요. 그러곤 돌아와서 들은 것을 말하려고 하는데, 그는 여전히 침대에 누운 채 꼼짝도 하지 않고 하늘을 보고 있었습니다. 그러더니 나한테 들어보라고 하는 거예요. 지금이 중요한 순간이라면서, 막 지진이 일어났거나 아니면 곧 일어날 거라고 했습니다. 그리고 나를 침대 위에 앉히고는 무엇을 보고 그렇게 추측했는지 증명하는 거였어요."
이어 나는 그에게 그때 날씨가 어땠는지 물었다.
"구름이 많이 껴 있었습니다. 바람 한 점 없이 무척 조용했고 무더웠습니다. (중략) 그리고 얼마 지나지 않아서 그것이 사실이라는 것이 밝혀졌습니다. 이삼 주쯤 지나서 소식이 들려왔는데, 바로 그날 밤에 지진이 일어나 시칠리아섬의 메시나 지역 일부가 파괴되었다는 거였어요."

- 1823년 11월 13일 목요일

위 내용은 에커만이 괴테의 청년 시절 에피소드를 기록한 것이다. 이미 에커만은 괴테가 색채 이론에 능통하다는 것을 알고 있었다. 그런데 이번에는 노인의 증언을 통해 그가 천문학에도 조예가 깊다는 것을 깨닫게 된 것이다. 천문 현상을 보고 지진을 예측하는 그의 능력! 일반적으로 한 분야에서 두각을 나타내기도 어려운데, 괴테는 끊임없는 관찰과 실험이 삶의 일부로 스며들었기에 다방면에서 뛰어난 모습을 보였다.

철학자 괴테

"개개인의 성격은 바뀌지 않는 어떤 필연성이 있어서, 그 근본적인 특징에 따라서 이차적인 여러 가지 특징이 새로 생기는 것이지. 이는 경험을 통해서 충분히 배울 수 있지만, 이런 지식을 선천적으로 타고나는 사람도 있을 거야. 나는 선천적인 지식과 경험이 결합되어 있는지 확인해 볼 생각은 없어. 그러나 이것만은 확실해. 내가 15분 동안 누군가와 대화한다면, 그 사람이 2시간 내내 계속 말을 하도록 만들 수 있다는 것 말이야."

- 1824년 2월 26일 목요일

여기에서는 철학자 괴테를 만나볼 수 있다. 괴테는 인간에게는 바뀔 수 없는 근본적인 성격이 존재하고, 경험을 통해 이차적인 어떤 특징이 생겨날 수 있다고 이야기한다. 즉 누구에게나 태어나면서 지니게 되는 기질이 있고, 그것을 바탕으로 교육, 사회, 종교 등을 통해 성장하면서 이차적 특징이 발현된다는 말이다.

이는 조선시대의 이기론(理氣論)과 맥을 같이한다. 이기론에서는 우주 만물을 바꿀 수 없는 원리인 이(理)와 현실적 존재로서 변화 가능한 기(氣)로 설명한다. 괴테 역시도 이(理)와 기(氣)라는 용어를 사용하지 않았을 뿐, 이황과 이이 같은 성리학자들과 같은 눈높이로 세상을 바라보고 있다. 다만, 그는 선천적인 지식과 경험의 결합 여부에는 관심이 없어, 조선시대처럼 '사단칠정 논쟁'까지는 이어지지 못했다. 인간과 우주의 본질을 파고들기에는 괴테가 연구해야 할 것들이 너무 많았기 때문일 것이다.

한 가지 주목할 점은 대화와 소통의 방식이다. 괴테는 누군가와 15분만 대화하면 상대방에게 2시간 동안 말하게 할 수 있을 정도로 자신의 듣기 및 말하기에 높은 자긍심을 지니고 있었다. 즉, 자신만 이야기하고 가르치는 설교가 아닌, 진정으로 상대방의 고민과 생각과 이야기를 이끌어낼 수 있는 공감하는 대화가 가능했던 것이다.

괴테는 위대한 사상가의 견해가 자기 생각과 같다는 것을 알고 기뻐했다. 그는 스피노자에게서 자기 생각을 발견했고, 또 스피노자 덕분에 훌륭하게 자기 입장을 세울 수 있었다. 그 기초는 이 세계에 신이 작용하고 나타내 보이는 데 있었다. 그래서 그는 훗날 세계와 자연 탐구를 심화할 때도 그것을 무용지물로 취급하여 벗어 던지지 않았던 것이다. (중략)

반대론자들은 괴테를 신앙이 없는 자라고 비난했다. 그러나 괴테는 그들이 믿는 신앙을 가지지 않았던 것뿐이다. 왜냐하면 그에게 그런 신앙은 별 볼 일 없었기 때문이다. 만약 그가 그 나름의 신앙을 말하더라도 그들은 놀랄지언정 그것을 이해할 만한 능력이 없었다. 그러나 아무래도 괴테가 스스로 높디높은 신을 있는 그대로 인정할 리는 없다. 그의 말과 글을 통해 볼 때, 그에게 신은 규정하거나 설명할 수 없는 존재이다. 그리고 인간은 다만 신이 나타나는 흔적과 예감을 희미하게 느끼고 있을 뿐이라고 생각한 것 같다. 요컨대 존재하는 것은 자연이며 인간은 신의 입김으로 호흡하기 때문에, 신은 우리를 보존하고 또 우리는 신 속에서 살고 활동하고 존재하면서 영원한 법칙에 따라 괴로워하고 기뻐하는 것이다. 그리고 우리는 그 법칙을 인식하든 인식하지 못하든 간에 그 법칙을 실행하고, 또 법칙은 우리 가운데서 실행되는 것이다.

- 1831년 2월 28일 월요일

이 부분은 에커만이 괴테의 자서전 원고를 쓰면서 그가 바라본 괴테의 신에 관한 생각을 서술한 내용이다. 이에 따르면 괴테는 전통적인 기독교의 '신은 유일한 하나'라는 유일신 종교관에서 벗어나 있다. 그래서 그는 신앙이 없다고 비난을 받기도 했던 것이다. 그럼에도 괴테는 신을 자연과 분리된 존재가 아닌 자연에 내재한 존재로 여기고 있다. 즉, 괴테는 범신론적 종교관을 지녔다고 할 수 있다.

괴테의 범신론은 스피노자에서 비롯되었다고 밝히고 있다. 우리에게는 사과나무 명언(내일 세상이 끝난다 해도, 나는 오늘 한 그루의 사과나무를 심겠다.)으로 잘 알려진 스피노자에 대해 괴테는 '최고의 유신론자, 최고의 그리스도 신자'라고 칭송했다. 왜냐하면 괴테가 스피노자의 신에 대한 철학적 해석에 공감했기 때문이다. 또한 스피노자의 '신은 곧 자연'이라는 개념과 자연의 모든 현상이 필연적인 법칙에 따라 발생한다는 세계관은 괴테가 자연 안의 법칙과 질서를 이해한 내용과도 일치한다. 그리고 이러한 자연과 인간, 그리고 신의 관계는 고스란히 괴테의 문학 작품과 철학적 사상 전반에 영향을 미치게 된다.

괴테가 말했다.

"데모니슈*는 오성(悟性)이나 이성으로는 해명할 수 없어. 그것은 우리가 태어날 때부터 가지고 있는 것은 아니지만, 우리는 그것에 매여 있지."

"나폴레옹은 데모니슈한 사람이었던 것 같습니다."

"그는 철두철미했지. 그와 비교할 만한 사람은 거의 없어. 돌아가신 대공도 데모니슈한 성질이었지. 가늠할 수 없는 활기와 흔들림으로

- **데모니슈** '악마적인, 신들린, 무시무시한, 초자연적 힘을 지닌'이라는 뜻. 사람의 내부에서 사람의 의지와 상관없이 어떤 행동으로 몰아대는 초인간적인 힘을 이르는 말.

가득 차 있었어. 그러니까 그에게는 이 나라가 너무 좁았지. 아무리 큰 나라라도 그에게는 좁았을 거야. 이러한 데모니슈한 사람을 그리스인들은 반신(半神)이라 생각했어."
"사건 속에도 데모니슈한 것이 나타나지 않습니까?"
"특히나 뚜렷하게 나타나지. 우리의 오성이나 이성으로는 풀 수 없는 자연 속이든, 눈으로 볼 수 없는 자연 속이든 상관없어. 그건 다채로운 빛깔로 자연 속에 모습을 드러내지. 생물 중에는 전적으로 데모니슈한 것이 많아. 이 밖에 부분적으로 그것에 영향을 받는 것도 일부 있지."
그의 말을 듣고 다시 물었다.
"메피스토도 데모니슈한 특징을 가지고 있지 않습니까?"
"아니, 메피스토는 너무 부정적이야. 데모니슈한 것은 어디까지나 긍정적인 행동력 속에 나타나는 것이지."

- 1831년 3월 2일 수요일

'데모니슈'는 괴테의 작품들 속 에피소드와 인물에 활용되어 사건을 이끌어가는 원동력으로 활용된다. 데모니슈는 데몬(악마, 귀신)에서 파생된 말로, 괴테는 이를 사람의 의지를 넘어선 초인적인 힘이라는 뜻으로 사용했다. 또한 《파우스트》에 나오는 메피스토처럼 악마적이고 부정적인 힘이 아닌 긍정적인 힘을 나타낸다.

우리는 누구나 태어날 때부터 데모니슈를 지니며, 어떤 순간에 자신도 모르게 그것을 발휘하게 된다. 가령, 위기의 순간에 자신의 자녀를 구하기 위해 괴력을 발휘한다거나 위기 상황에서 빼어난 언변술을 펼치기도 한다. 이처럼 우리가 흔히 말하는 '신들린 듯하다.'라는 것이 데모니슈가 발현되는 상황이다. 앞에서 밝히고 있는 나폴레옹과 대공은 일반인보다 데모니슈를 더 잘 발현시킨 인물들이다. 우리도 내재한 데모니슈를 잘 발휘한다면 삶에 긍정적인 영향을 줄 수 있을 것이다.

문학가 괴테

"나는 《괴츠 폰 베를리힝겐》을 스물두 살의 젊은 나이에 썼어. 이제 10년이 지났지만, 지금 봐도 내 표현이 가지고 있는 진실함이 아름답게 느껴져. 알다시피, 나는 그런 사건을 겪은 적도 본 적도 없었지. 그러니까 인간이 겪는 다양한 상황에 대한 내 지식은 분명 예견(豫見)일 수밖에 없지. 나는 외적 세계를 알기 전까지 내면을 묘사하는 것에 기쁨을 느꼈어. 그런데 나중에 외적 세계가 내가 생각했던 것과 같다는 것을 알고, 그 세계에 진절머리가 나서 그것을 묘사하고 싶지 않았네. 다시 말하면, 만약 내가 이 세계를 묘사하기 전에 그것을 완전히 알아야 했다면, 내가 쓴 문장은 온통 이 세상을 조롱하는 내용일 거야."
(중략)

"시인은 사랑과 증오, 희망과 절망 같은 상태와 격정적인 것 등에 대한 감수성을 타고나서 그런 묘사는 쉽게 해낼 수 있지. 그러나 그렇지 않은 것도 있어. 가령 재판과 소송 과정 또는 국회, 대관식의 순서 같은 것은 태어나면서부터 알 수 있는 것이 아니야. 시인이 이러한 것들의 참모습을 그리려면 경험과 인식의 힘을 빌려 이에 대한 지식을 쌓아야 하네."

– 1824년 2월 26일 목요일

시인으로서 괴테의 글쓰기에 대한 생각을 엿볼 수 있는 대목이다. 《괴츠 폰 베를리힝겐》은 《젊은 베르테르의 슬픔》보다 1년 앞서 창작한 작품으로, 명예와 자유를 중시하는 기사가 시대의 변화에 맞서 농민 봉기에 참여하다 결국 투옥되어 죽음을 맞이한다는 내용이다. 여기서 기사 괴츠의 죽음은 개인의 자유와 이상이 시대 변화 및 사회질서에 의해 억압되는 것을 상징적으로 드러낸다.

  이 작품은 괴테가 실제 체험하거나 목격한 적이 없음에도 다양한 상황을 예견하여 쓴 것이다. 즉, 괴테는 글쓰기에 경험이 필수적으로 동반될 필요가 없다고 생각했다. 그리고 경험하여 알게 되는 외부 세계는 《괴츠 폰 베를리힝겐》에서 예견했던 것처럼 비열함과 권모술수가 가득한 환멸의 세계에 가까워 낙담하게 될 것이라는 견해를 밝히고 있다.

  그렇다고 괴테의 글쓰기가 단지 감수성을 바탕으로 한 묘사로만 이루어지는 것은 아니었다. 괴테는 진정한 글쓰기란 기본적인 감수성을 바탕으로 한 재능과 사회적 정의를 구현하고 묘사할 수 있을 만한 경험과 노력이 동반될 때 비로소 완성될 수 있는 것이라고 믿었다.

그는 《괴츠 폰 베를리힝겐》의 최초 원고를 보여주었다. 이 원고는 그가 누이동생에게 자극받아 몇 주 만에 완성한 것이다. 그로부터 50년 넘게 지났지만 원고는 그때 모습 그대로였다. 막힘없는 글씨체에는 자유롭고 명랑한 특색이 완연히 드러나 있었다. 그 원고는 아주 깨끗했다. 어느 쪽에도 수정한 흔적이 없었기 때문에, 처음에 갈겨 쓴 초안이라기보다는 오히려 청서(淸書)한 것이라고 생각될 정도였다. 괴테는 그의 초기 작품들을 모두 자필로 직접 썼다고 했다. 《젊은 베르테르의 슬픔》도 자필로 썼을 텐데, 그 원고는 잃어버리고 없다고 했다. 이와는 달리 훗날에는 거의 모든 원고를 구술했다고 한다. 자필로 쓴 것은 시나 짧은 메모뿐이었다.

- 1830년 1월 31일 일요일

예로부터 인재를 등용하는 기준으로 신언서판(身言書判)을 활용할 정도로 서체는 단순히 글자 모양을 넘어 그 사람의 정체성을 담고 있다. 그런데 최초의 원고에서 흔히 볼 수 있는 교정 부호조차 없이 정자로 기록되어 있다는 것은 괴테의 천재성이 돋보이는 대목이다. 그런데 눈여겨보아야 할 것은 바로 구술이다. 괴테는 초기 작품 이후에는 대부분 구술했다고 밝히고 있다. 문학계의 대표적인 구술 작가로 《죄와 벌》을 써낸 도스토옙스키가 있다. 우리의 말투는 일상적 대화에서 쓰는 말투인 '구어체'가 있고, 공식적인 글에서 주로 쓰는 '문어체'가 있다. 이 둘은 상황과 목적에 따라 사용이 달라지므로, 일상적인 말로 공식적인 글을 쓴다는 것은 쉬운 일이 아니다. 하지만 괴테의 완벽주의적인 원고 작성으로 미루어 보았을 때, 구술을 통한 빠른 작업 속도와 즉흥성은 큰 장점이 되었을 것으로 생각된다. 또한 그의 작품에 대한 영감과 인물들의 생생한 대화 및 복잡한 심리 묘사를 직접적으로 표현할 수 있었기에 괴테는 자연스레 구술을 선택하게 되었을 것이다.

"우리 모두는 우리 이전에 살았던 사람들로부터 그리고 우리와 지금 함께 살고 있는 사람들로부터 받아들이고 배우지 않으면 안 돼. 아무리 위대한 천재라 하더라도 모든 것이 오직 자기 자신의 덕분이라고 생각한다면 그 이상의 진보는 불가능하다네."

- 1832년 2월 17일 금요일

괴테는 《젊은 베르테르의 슬픔》을 통해 본인의 이름을 유럽 전역에 알림으로써 문학의 지역적 한계를 허물고 세계문학으로 나아갔다. 이미 그는 1827년 1월 31일에 에커만과 중국 소설에 관한 이야기를 나누며, '이제 세계문학의 시대가 시작되니, 우리는 이런 시대가 더 빨리 오게 하기 위해 노력해야 한다'고 말하기도 했다. 괴테는 문학이 민족주의라는 틀 속에 갇히기보다 그것을 국제적으로 교류하고 소통함으로써 함께 누리고 배워가야 한다고 주장했다. 괴테는 문학이 인류의 공동 자산이며, 이를 통해 인류 보편의 가치를 추구해야 한다고 생각했던 것이다.

"시인이 정치 활동을 하려면 어느 당파에든 소속되어야 하네. 그렇게 되면 시인으로서의 독자성을 잃어버리게 되지. 그 시인은 자주적 정신이나 편견 없는 견해와는 작별을 고해야 하고, 편협함과 맹목적 증오의 모자를 덮어쓸 수밖에 없지. 시인도 인간으로서 시민으로서 자기 조국을 사랑할 수 있어. 하지만 시인이 그려내는 시적인 영감과 시적 활동의 바탕이 되는 조국은 선하고 고귀한 것, 그리고 아름다운 것이어야 해. 그것은 특정한 도시나 특별한 나라에 한정되는 것이 절대 아니야. (중략) 정치가가 되어버리면 시인의 정체성은 사라져 버려. 국회의 일원으로서 일상적인 알력과 격동 속에서 살아간다는 것은, 시인의 섬세한 감성으로는 도저히 감당할 수 없는 일이지."

— 1832년 3월 초

괴테는 바이마르에서 높은 관료로서 국정에 적극 참여한다. 그런데 자신도 이 시기에 《파우스트》를 저술하고 있었으니, 시인이 정치 활동에 참여하면 안 된다고 하는 것은 어불성설이다. 하지만 바이마르의 공직 생활을 내려놓고 고갈된 창작력을 충전하기 위해 이탈리아로 약 2년간 여행을 떠나 예술가의 삶을 살았던 것을 미루어 보았을 때, 그가 말년에 얻은 깨달음이라고 생각된다.

02

괴테 작품 읽기

괴츠 폰 베를리힝겐

Götz von Berlichingen mit der eisernen Hand, 1773

미리보기

괴츠 폰 베를리힝겐은 밤베르크 주교와 적대 관계로, 둘의 다툼은 문서를 통한 조정으로 일단락되었다. 그런데 주교 측에서 괴츠의 시종을 납치해 가는 사건이 발생한다. 이에 괴츠는 밤베르크 영지를 공격하는 과정에서 주교의 오른팔 역할을 하는 아델베르크 폰 바이슬링겐을 생포해 자신의 성으로 돌아온다.

바이슬링겐은 원래 괴츠와 어린 시절을 함께한 친구 사이였다. 그는 괴츠가 총에 맞아 손을 잃었을 때도 그를 돌보며 위로했었다. 그러나 바이슬링겐은 세속적인 성공과 권력을 추구하며 밤베르크 주교 밑에 들어가게 된 것이다. 괴츠는 옛 우정을 생각해 포로로 잡힌 바이슬링겐에게 술을 권하는 등 너그럽게 대한다.

한편, 밤베르크 주교의 궁전에서는 로마법 학자인 올레아리우스가 연륜과 경험이 풍부한 사람들로 프랑크푸르트 재판소를 구성하는 것과 로마법 도입에 대해서 하층민들이 완강하게 반대하는 것을 비판한다. 밤베르크 주교는 오스만튀르크의 원정 위협 때문에 분쟁금지령이 내려진 시기에 괴츠가 출정한 것에 대해 황제에게 고발할 계획을 한다. 이어 바이슬링겐이 납치되었다는 소식을 전해 듣게 된다.

괴츠는 주교 측으로부터, 시종을 풀어줄 마음이 없고 법정을 통해 분쟁을 해결하겠다는 뜻을 전달받는다. 그 사이 바이슬링겐은 괴츠의 동생 마리아와 사랑에 빠져 청혼한다. 괴츠는 둘을 축복하며, 바이슬링겐에게 주교와의 관계를 끊을 것과 그에게 협력하지 않겠다는 약속을 받는다. 그러면서 자기가 차지하고 있던 바이슬링겐의 성과 영지를 내어준다. 바이슬링겐은 그 성과 영지를 복구하기 위해 잠시 마리아를 남겨둔 채 길을 떠난다.

주교는 바이슬링겐이 돌아오지 않자 리베트라우트에게 그를 회유해 오라는 명을 내린다. 리베트라우트는 아델하이트 폰 발도르프의 미모와 영주의 총애, 자신의 아첨 능력을 활용하여 바이슬링겐을 밤베르크로 데려온다. 밤베르크에 돌아온 바이슬링겐은 기사로서 주교에게 하직의 뜻을 밝힌다. 그러고는 아델하이트에게 작별 인사를 하러 갔는데, 그녀의 미모와 계략에 현혹되어 결국 그곳을 떠나지 못한다. 얼마 뒤 아델하이트는 바이슬링겐에게 싫증을 내며 그의 명성과 능력을 폄하한다. 그러자 바이슬링겐은 아우크스부르크 제국회의에서 황제의 신임을 얻을 계획과 포부를 밝히며 그녀에게 혼인 승낙을 받아낸다.

한편, 괴츠는 한스 폰 젤비츠와 함께 밤베르크 측에게 시종의 동선을 유출한 뉘른베르크에 선전포고를 한다. 그리고 프랑크푸르트 박람회에 참석한 밤베르크와 뉘른베르크 사람들을 치기로 계획한다. 이어 괴츠는 바이슬링겐이 배신했음을 깨닫고 동생 마리아를 걱정한다.

황제는 아우크스부르크에서 뉘른베르크 상인으로부터 괴츠와 젤비츠에게 약탈을 당했다는 소식을 접한다. 그리고 바이슬링겐은 이 둘을 모두 제거해야 한다고 간언한다. 그들을 아꼈던 황제는 둘을 죽이는 대신 자신들의 영토를 벗어나지 못하게 하는 서약을 받을 것을 제국회의에서 제안한다.

프란츠 폰 지킹겐은 괴츠의 동생 마리아에게 청혼의 뜻을 비친다. 그러자 괴츠는 마리아가 바이슬링겐에게 배신당한 사실과 아직도 그에게 마음이 있음을 밝힌다. 그럼에도 지킹겐은 그녀에게 청혼한다.

괴츠는 황제가 '법률 보호 박탈 명령'을 내려 자신을 잡아들이려는 사실을 알게 된다. 이를 알게 된 지킹겐은 괴츠를 도우려 했으나, 괴츠는 최악의 상황을 대비하여 그에게 중립적 태도를 취할 것을 요청한다. 이어 괴츠는 지킹겐에게, 먼저 마리아에게 청혼 승낙을 받고 그의 성으로 돌아가 병사를 보내준 뒤 마리아를 데려가 달라고 부탁한다.

예전 렘린 전투에서 괴츠를 대적했던 프란츠 레르제가 괴츠의 동지가 되어 합류한다. 그리고 게오르크, 괴츠, 레르제는 괴츠의 동정을 살피러 온 제국군 부대를 격퇴한다. 이어 대열에 합류한 젤비츠는 황제가 내린 '법률 보호 박탈 명령'이 바이슬링겐의 농간 때문임을 괴츠에게 알린다. 이들은 잇달아 전투에서 승리하며, 적군의 본진이 접근하는 때를 맞춰 협공하기로 한다. 그들은 악전고투 끝에 승리했으나, 젤비츠가 다치고 많은 병력을 잃는 등 큰 희생이 뒤따른다.

전열을 정비하는 동안 지킹겐과 마리아는 괴츠와 그의 아내 엘리자베트의 축복 속에 결혼식을 올린다. 그리고 괴츠는 지킹겐에게 서둘러 누이와 함께 본인의 성으로 돌아가 달라고 부탁한다. 마리아는 괴츠에게 계속 함께하겠다고 했지만, 괴츠는 마리아를 설득하여 피신시킨다.

제국군이 다시 괴츠의 성으로 쳐들어오고, 괴츠는 성문을 굳게 지키며 농성을 시작한다. 얼마 뒤 제국군 측에서 성 밖으로 나오지 않는 조건부 항복을 제안해 온다. 이에 레르제가 상대의 의중을 살피고 돌아와, 식량은 두고 무기와 말을 가지고 퇴각하라는 상대측의 요구를 전달한다. 하지만 이는 제국군의 속임수였다. 결국 철수하던 괴츠의 군대는 패배하고, 괴츠와 엘리자베트는 포로로 잡히게 된다.

사로잡힌 괴츠는 파견된 황제의 전권위원들에게 재판을 받는다.

그들은 법률 보호 박탈과 형벌을 사면해 주는 대신 '보복 단념 서약'을 제시한다. 하지만 괴츠는 시작 문구부터 동의하지 않으면서, 자유를 수호하겠다는 입장을 밝힌다. 결국 전권위원들은 괴츠를 포박하여 구속시키려 한다. 때마침 지킹겐이 출병하여 괴츠와 병사들을 구출한다. 하지만 괴츠는 기사로서 황제의 뜻을 거스를 수 없었기에, 금족령(성 밖으로 나오지 못하게 하는 명령)과 보복 단념 서약을 받아들이고 본인의 성으로 복귀한다.

그사이 바이슬링겐은 아델하이트와 결혼했으며, 그는 황제에게 괴츠와 지킹겐의 처벌을 요청한다. 하지만 황제는 그 둘을 신임하여 이를 거절한다. 아델하이트는 황제의 후계자인 카를 공에게 관심을 보이며 유혹하려고 한다. 금족령으로 성에만 머물게 된 괴츠는 게오르크와 레르제를 통해 황제의 병세가 위중하다는 것과 농민 봉기가 점점 늘어나고 있다는 주변 상황을 전달받는다. 억압받던 농민들이 자유와 정의를 외치며 독일 전역에서 떨쳐 일어난 것이다.

농민군의 봉기가 거세지면서 점점 마을에서 약탈과 방화가 잦아지고, 귀족들이 학살당하기 시작했다. 이어 농민군은 괴츠의 명성을 듣고 그를 자신들의 대장으로 추대하려 했다. 하지만 괴츠는 농민군의 광분과 혼돈을 비판하며 거절한다. 그런데 괴츠는 이들이 권리와 자유를 위해 떨쳐 일어났다는 것을 이해하고 있었다. 또한 거절을 구실로 농민군이 자신의 성을 위협하는 상황이라 인명과 재산을 구하기 위해 대장이 되기로 마음먹는다. 괴츠는 농민군이 분노를 다스리고 만행을 금지하는 것을 조건으로 4주간 대장직을 수락한다. 이로써 그는 서약과 금족령을 어기게 된다.

바이슬링겐은 연합군을 모아 괴츠가 이끄는 반란군을 진압하러 나선다. 동시에 아델하이트와 카를 공의 관계를 알아차리고, 전령 프란츠를 통해 '궁정을 떠나 자신의 성으로 이동하라'는 서신을 그녀에게 보낸다.

괴츠는 반란군이 밀텐베르크에 불을 지른 것을 보고 그들에게 결별을 선언하고자 게오르크에게 해당 사실을 전하도록 한다. 하지만 그사이 연합군에 의해 반란군은 대패하고 게오르크는 죽음을 맞는다. 이어 괴츠는 패퇴한 반란 주동자들과 크게 다투고 헤어져 연합군의 추격을 받는다. 겨우 도망친 괴츠는 집시들로부터 부상을 치료받는다. 하지만 곧 연합군이 추격해 오고, 괴츠가 직접 맞서지만, 결국 사로잡혀 탑옥에 갇히게 된다. 한편, 바이슬링겐의 서신을 받은 아델하이트는 자신을 좋아하고 있던 전령 프란츠를 이용해 바이슬링겐을 제거할 계략을 꾸민다.

황제의 전권위원이 된 바이슬링겐은 반란 주동자들 모두에게 사형을 선고한다. 이 사실을 알게 된 엘리자베트는 마리아에게 바이슬링겐을 만나보도록 부탁하고, 마리아는 곧바로 바이슬링겐을 만나 괴츠를 살려달라고 간청한다. 마침 쇠약해 가던 바이슬링겐은 괴츠의 사형선고 서류를 찢으며 곧 풀려나도록 해준다. 이때 프란츠가 등장해 바이슬링겐에게, 아델하이트가 시켜서 어쩔 수 없이 독약을 마시게 했다며 그의 죽음을 예고하고 도망친다. 마리아가 버림받은 바이슬링겐의 곁을 지키지만, 결국 그는 죽음을 맞는다. 비밀 재판소에 아델하이트가 부정을 저지르고 심복을 통해 남편을 독살했으며, 해당 심복은 자살했다는 고소가 접수된다. 그리고 재판관들은 아델하이트에게 사형을 선고한다.

   탑옥 속에서 금식하던 괴츠는 고령과 부상, 연이은 불행으로 엘리자베트의 면회에도 불구하고 죽음을 예감한다. 그리고 때마침 마리아가 도착해 엘리자베트에게 괴츠의 안전이 확보되었다고 전한다. 그럼에도 결국 괴츠는 사랑하는 이들에 대한 축복을 기원하며, 앞으로는 거짓의 시대가 올 것이라고 말하고는 "자유! 자유!"를 외치다 숨을 거둔다.

실존 인물 괴츠

작품 속 '괴츠 폰 베를리힝겐'은 실제 신성로마제국 시대의 기사이자 용병으로 본명은 '고트프리트 폰 베를리힝겐(Gottfried von Berlichingen)'이다. 그는 사람들에게 '괴츠'라고 불렸으며, 1480년 11월 15일 독일 남서부 뷔르템베르크에서 태어나 기사가 되어 전국을 돌며 전투에 참여했다. 그러다 1504년 란츠후트 전투에서 오른팔을 잃었고, 이후 강철로 만든 의수를 달고 전투에 나서 사람들은 그를 '강철 손 괴츠'라고 불렀다. 1525년 농민전쟁이 일어나자 농민군 지휘관이 되었고, 1528년 슈바벤 동맹군에게 잡혀 3년간 아우크스부르크에서 감옥 생활을 하기도 했다. 1542년에는 헝가리 십자군에 소속되어 오스만제국의 튀르크군과 싸웠고, 1544년에는 카를 5세를 위해 프랑스와 싸우는 등 여러 전쟁에서 활약했다. 말년에 호른베르크 성주가 되어 평온한 여생을 보내다가 1562년 7월 23일, 82세의 나이로 숨을 거두었다.

괴테는 독일인들에게 잊힐 수도 있었던 괴츠를 작품에 불러냄으로써 다시 생명력을 불어넣었다. 《괴츠 폰 베를리힝겐》(원제는 '강철 손을 가진 괴츠 폰 베를리힝겐')은 독일 청소년들에게 필독 도서가 되었고, 괴츠는 16세기 독일을 대표하는 인물 가운데 하나로 남게 되었다. 괴테는 말년에 에커만에게 《괴츠 폰 베를리힝겐》에 대해 다음과 같이 말했다.

"우리 독일인이 불행한 점은, 고대사가 불분명하고 그 뒤로도 단일 왕조가 아니어서 민족적 공통 관심사를 찾기 어렵다는 것이야. 클롭슈토크가 '헤르만'으로 시도해 보았지만, 오늘날의 현실과 너무 동떨어져서 아무도 그의 의도를 이해하지 못했지. 그래서 별 영향을 주지 못했고 대중적이지도 않았어. 나는 운 좋게도 《괴츠 폰 베를리힝겐》으로 클롭슈토크가 의도한 것을 이룰 수 있었네."

헤르만*은 원시 게르만과 관련 있어 대중들의 호응을 받지 못했다. 반면에 16세기를 대표하는 괴츠의 농민전쟁 모티프는 시민 해방의 역사적 사례로, 국민적 통일성을 추구하려 했던 18세기 상황과 잘 맞아떨어졌다.

실존 인물 괴츠는 몰락해 가던 제국의 직속 기사였다. 당시 기사들은 군사기술의 발전과 화폐경제의 등장으로 점점 설 자리를 잃어가고 있었다. 그래서 그들은 부유한 제후들과 적대 관계가 되었고, 약탈을 생업으로 삼는 '도적 기사'가 등장하기도 했다. 이들은 주로 결투 의식을 악용하여, 상인이나 여행자를 공격하고 재물을 빼앗은 뒤 이를 합법적인 결투로 포장하곤 했다. 한편, 기사들과 농민들은 상류층에 대한 반감을 가지고 있었기에 일시적으로 연대하기도 했다. 실제로 괴츠는 잠시 농민군에 가담했다가 연대를 지속하지 못하고 이탈하고 만다. 괴테는 이런 도적 기사 괴츠에게 문학적 상상력을 더해 농민을 위해 싸우는 성의로운 영웅으로 발바꿈시킨다. 괴테는 작품 속에서 종교개혁을 상징하는 마르틴을 통해 괴츠를 이렇게 소개하고 있다.

"기사님이 괴츠 폰 베를리힝겐 공이시군요! 하느님, 감사합니다. 영주들에게는 미움을 받지만, 핍박받는 사람들이 도움을 청하는 분을

• **헤르만** 서기 9년에 로마군을 격파한 게르만의 영웅.

만나게 해주셔서.”

마르틴은 괴츠를 정의감 넘치는 투사이자 핍박받는 사람들을 대변하는 사람이라고 칭송한다. 또한 괴츠에게 포로로 잡힌 배신자 바이슬링겐조차도 이렇게 생각한다.

'괴츠는 옛날과 다름없이 진솔하구나. 거룩하신 하느님, 앞으로 어찌 될까요? 아, 우리가 어렸을 때 사냥놀이 하던 방으로 돌아온 것 같구나. 그때 나는 괴츠를 좋아했고 마치 내 영혼에 매달리듯 그에게 매달렸지. 그를 마주한다면 누군들 그를 미워할 수 있을까? 아, 나는 정말 무용지물이구나!'

바이슬링겐은 대중에게 지지를 받는 괴츠의 인간미를 칭송하면서 자신을 성찰하고 반성한다.

괴테는 실제로 1562년 호른베르크 성주로서 평온한 여생을 마감한 괴츠를 1525년에 일어난 농민전쟁과 결부시키고, 구금 상태에서 마지막까지 자유를 외치며 죽음을 맞이하도록 함으로써 비장미를 부여한다. 결국 괴츠는 《괴츠 폰 베를리힝겐》을 통해 무질서한 시대 속에서 자유를 추구하고 정직한 삶을 살아가는 진정한 기사로 새롭게 태어난 것이다.

질풍노도 문학의 대표작

18세기 후반 독일에서 '질풍노도 운동'이 발생한다. 이는 계몽주의의 합리성과 규칙성을 거부하고, 인간의 경험과 개성을 강조하며, 자유로운 형식을 추구하는 문학 및 예술 흐름을 뜻한다. 이를 통해 독일 문학은 이성에서 감성으로, 프랑스적 고전에서 셰익스피어 형식으로 전환하게 된다.

괴테는 기존의 계몽주의에서는 찾아보기 힘들었던 전통적 독일 소재인 '괴츠'를 앞세워 질풍노도 운동의 선봉장 역할을 맡게 된다. 괴테가 1771년 11월 28일 잘츠만에게 쓴 편지에는 이런 내용이 나온다.

> 내 모든 창작력은 한 가지 일에 집중되어 있어서, 그것 때문에 호머와 셰익스피어와 다른 모든 것도 잊을 정도입니다. 나는 가장 고결한 독일인의 이야기를 희곡으로 만들어서 강직한 남자를 되새기려 합니다. 이를 위해 내가 들이는 모든 노력은 내게 진정한 소일거리가 되고 있으며, 이 소일거리는 여기 있는 내게 꼭 필요한 것이기도 합니다.

괴테는 당시 '가장 고결한 독일인'인 괴츠에게 깊이 몰두해 있었으며, 1771년 11월에 쓰기 시작한 초고를 6주 만에 완성해 낸다. 이후 그는 헤르더의 의견을 참고해 개작을 거쳐, 다음 해에 희곡

《괴츠 폰 베를리힝겐》을 발표한다. 그런데 일반적으로 역사적 인물을 다루는 데는 희곡보다 자서전 같은 서사 갈래가 적합하다. 하지만 그는 작품의 구상 단계에서부터 희곡을 염두에 두었다. 자서전은 과거형이 중심을 이루는 반면, 희곡은 무대 상연을 전제로 하기 때문에 현재형이 중심을 이룬다. 괴테는 괴츠를 과거형으로 서술하는 것이 아니라 현재진행형으로 생생히 재현하고 싶었던 것이다. 또한 이는 기존의 규칙을 벗어나 상상의 나래를 펼치려는 질풍노도 정신과도 잘 들어맞는다.

《괴츠 폰 베를리힝겐》은 내용적인 측면뿐 아니라 형식적인 측면에서도 기존 희곡과 달랐다. 당시 독일 문학은 프랑스 고전주의의 영향으로 아리스토텔레스의 《시학》에 기초한 '시간, 장소, 사건 진행의 일치'라는 '삼일치 법칙'을 지켜왔다. 그러나 괴테는 셰익스피어의 영향을 받아 이를 탈피한 것이다. 《괴츠 폰 베를리힝겐》의 초고를 완성하기 전에 쓴 〈셰익스피어 기념일에 부쳐〉라는 연설문에서 괴테는 다음과 같이 밝히고 있다.

> 나는 규칙에 얽매인 희곡을 거부하는 것에 한순간의 주저함도 없었습니다. '장소의 통일'은 마치 감옥에 갇힌 것처럼 답답했고, '사건과 시간의 통일'은 우리의 상상력을 구속하는 수갑 같았습니다. 나는 자유로운 공기 속으로 뛰어들었고, 비로소 나에게 손과 발이 있다는 것을 느꼈습니다. 그리고 이제 규칙이란 것들이 나를 얼마나 옥죄었는지

알기 때문에, 내가 그것에 도전장을 내밀지 않고 또 그 감옥들을 부수려 하지 않는다면 내 심장은 터져버릴지도 모릅니다.

즉, 괴테는 셰익스피어 작품을 통한 깨달음을 바탕으로 '감옥' 같은 프랑스 고전주의를 비판하고 그것에 대한 '도전장'을 예고하고 있었던 것이다.

괴테는 《괴츠 폰 베를리힝겐》에 약스트하우젠, 뉘른베르크, 밤베르크, 아우크스부르크 및 기타 산, 들, 성, 마을 등 다양한 배경과 장소를 활용하여 '장소의 일치'를 파괴한다. 59번이나 장면 전환을 시도한 것도 같은 맥락에서 이해할 수 있다. 또한 농민전쟁을 이끌던 장년의 괴츠가 갑자기 감옥에 갇혀 죽음을 앞두게 되는데, 이때 노년의 모습으로 묘사된다. 이처럼 시간의 연속성을 벗어난 세월의 흐름을 표현함으로써 '시간의 일치'도 거부한다. 그리고 중심인물 외에도 다양한 계층의 주변인물을 통해 다채로운 사건을 진행시키며 긴밀한 연관성이 없는 독립적 사건을 제시하기도 하는데, 이는 '사건의 일치'를 해체한 것으로 볼 수 있다. 그러나 전통적인 5막의 비극적 구조를 따르며 전체적 통일성을 유지함으로써 관객들의 혼란을 줄이고자 했다.

이처럼 괴테는 셰익스피어를 모범으로 삼기는 했지만, 맹목적 수용이 아닌 주체적 변용을 이루었다. 내용적인 측면에서는 '괴츠'라는 전통적인 소재를 발굴했고, 형식적인 측면에서는 기존 프랑스 고전주의의 삼일치 법칙을 거부하며 독창성을 발휘했다. 그리고 《괴츠 폰 베를리힝겐》을 기점으로 '질풍노도 문학'이라는 새로운 세계를 구축하게 되었다.

《괴츠 폰 베를리힝겐》의 인기 비결

이 작품의 배경이 되는 16세기 독일은 신성로마제국 아래 많은 제후국이 존재하는 분권화된 봉건적 체제였다. 그리고 제후들은 점차 재판권, 징세권, 화폐 주조권을 소유하며 막강한 권력을 가지게 되었다. 그러던 중 오스만제국의 위협으로 인해 신성로마제국 황제는 제후국들의 사적 분쟁을 억제하고 공적 질서를 유지하기 위해 1495년에 '영구 란트평화령'을 선포한다. 이로 인해 기사들은 사적 전쟁과 약탈 행위가 금지되었고, 계속해서 분쟁을 일으키는 기사들은 제국군에 의해 토벌되었다. 또한 황제는 권위를 강화하는 대신 최고 재판권을 상실하게 되었고, 분쟁 해결을 위한 국가 법정이 설립되면서 권력의 재편성이 이루어졌다.

작품 내에서도 이와 유사하게 바이슬링겐에 의해 '영구 란트평화령'을 암시하는 '영주들과 사소한 분쟁을 해결해 화합하게 하는 조치'가 제국회의에서 통과되고, 이후에도 영주들과 계속 전투를 벌이는 괴츠는 '법률 보호 박탈 명령'을 받고 제국군에 사로잡히고 만다. 사법 분야에도 변화가 있어, 종전에는 공개적인 자리에서 말로 이루어지던 소송 절차가 문서에 의한 소송 제도로 바뀌었다. 이는 로마법을 토대로 도입된 것인데, 작품 속에도 이와 관련된 내용을 법학자 올레아리우스의 입을 통해 전하고 있다.

"하층민은 그것을 알아차릴 수 없습니다. 그들은 새로운 것을 갈망하지만, 익숙한 일상에서 벗어나는 새로운 것을 매우 싫어합니다. 비록 그것이 생활을 훨씬 더 좋게 만들어주는 것이어도 말이지요. 그들은 로마법 학자를 나라를 혼란하게 만드는 자나 도둑처럼 사악하다고 생각하며, 만약 정착하려 하면 미친 듯이 반대합니다."

제후들과 법학자들은 로마법 도입을 환영했지만, 하층민들은 소송으로 인한 부담이 더 커진다고 생각해서 반감이 컸다. 이러한 하위 계층의 인식은 작품에도 잠시 등장했던 마르틴 루터의 종교개혁(1517)을 계기로 기존 사회질서 및 상류층에 대한 불만으로 이어져, 결국 1524년 농민전쟁이 발발하게 된다.

괴테가 작품을 출산한 18세기는 신성로마제국이 쇠퇴하고 프로이센과 오스트리아 같은 강력한 연방국들이 군사력과 관료제를 중심으로 성장하여 절대주의 국가로의 변화를 추구하던 시기다. 이러한 절대주의 체제는 계몽주의를 중심으로 규범과 질서가 잡힌 시민사회를 출범시킨다. 하지만 봉건적 특권 구조를 유지하며 근대화를 추진했기에 시민사회 발전은 더딜 수밖에 없었고, 동시대 시민들은 봉건적 과거의 답습이 아닌 새로운 미래와 개인적 자유를 소망하기에 이른다.

여기서 괴테는 16세기 초와 18세기 말의 접점인 '계층 갈등'이라는 공통적 시대 상황을 역사적 내용과 결합하여《괴츠 폰 베를리힝겐》을 완성했다. 그리고 독자들은 16세기 '괴츠'와 '농민전쟁' 모티프를 통해 자유를 추구하는 과거 사람들에게 크게 공감했을 것이다. 또한 작품 속 상류층에 대한 비판은 당대 절대군주들에게 억압당했던 시민 계층에게 대리만족을 선사했을 것이다.

괴테는 역사적 사실을 바탕으로 했지만, 문학으로 재탄생시키기 위해 기존의 사실들을 재구성한다. 바이슬링겐을 필두로 한 당시 제후 세력들은 악역의 반동인물로 쉽게 설정할 수 있었지만, 선한 역할의 주동인물이 괴츠 말고도 더 필요했다. 그래서 역사에는 없었던 제국 황제와 기사들의 허구적 연대 장치를 설정한다. 막시밀리안 황제는 실제 1519년에 죽었음에도 농민전쟁에 등장시켰고, 괴츠 역시도 역사와 다르게 이른 죽음을 맞는다. 또한 같은 황제 직속 기사였던 프란츠 폰 지킹겐이 실제로 괴츠보다 먼저 생을 마감하지만, 작품에서는 괴츠가 죽을 무렵 장년으로 등장시켜 상호 의존 관계를 높이고 있다.

"황제 만세! 우리가 죽기 전에 두 번째로 이 말을 외치기로 하세. 나는 황제를 좋아하네. 우리가 같은 운명이기 때문이지. 그런데 따지고 보면 내가 황제보다 좀 더 운이 좋을지도 몰라."

괴츠가 부하들과 최후의 만찬에서 '자유 만세!'를 외치고 나서 두 번째로 외친 말은 바로 '황제 만세!'였다. 그러면서 그는 본인과 황제가 '같은 운명'이라고 덧붙인다. 그래서인지 황제의 병세가 위중하다는 말을 전해 듣고 자신에게 닥칠 죽음을 떠올린다.

또 괴테는 자유와 평등을 위해 투쟁하는 정의의 상징인 괴츠와 사치와 위선과 거짓과 음모가 자행되는 밤베르크를 대표하는 바이슬링겐 간의 선악 대립 구도를 세우며 극을 전개한다. 괴츠는 제후들을 다음과 같은 시선으로 바라보고 있다.

"영주들은 자기 이익에 들어맞는 것을 추구하고 미천한 백성이 믿고 따를 때까지 제국과 안전을 자랑스럽게 떠벌리지요. 장담하건대, 오스만튀르크가 황제에게 팽팽하게 맞서는 걸 마음속으로 하느님께 감사할 사람이 한둘이 아닐 것입니다."

괴츠는 제후들을 탐욕스럽게 권력과 이익을 추구하는 이기주의자들로 생각하는 것이다. 그렇기 때문에 괴츠는 그들과 투쟁을 이어 갈 수밖에 없다. 반면, 괴츠와 반대편에 서 있는 바이슬링겐은 괴츠 무리에 대해 이렇게 생각한다.

"그들은 지금껏 폐하의 너그러운 은총을 구실로 선동해 왔습니다. 폭도들은 그것을 믿고 희망을 걸고 있습니다. 그자들을 세상에서 완전히 제거해 언젠가 또다시 솟아날 희망을 완전히 없애버려야 합니다. 그래야 폭도들을 제어할 수 있습니다."

바이슬링겐은 괴츠 무리를 약탈을 일삼고 백성을 선동하는 국가 질서 파괴범으로 인식한다. 따라서 그들은 사회 안정을 위해 제거해야 할 대상인 것이다.

괴츠와 바이슬링겐은 죽마고우로 개인적 친분이 깊지만, 둘 사이에 예측할 수 없는 첨예한 긴장감이 감돌기 때문에 독자들의 몰입감이 높아질 수밖에 없다. 하지만 결국 목숨을 걸고 세상과 맞서 싸운 괴츠도 시대적 해결책을 제시하지 못한 채 의미심장한 말과 함께 자유를 외치며 비극적인 마지막을 맞는다.

"앞으로 거짓의 시대가 올 거야. 거짓이 자유를 얻어 판을 칠걸세. 비열한 놈들이 권모술수로 세상을 다스리고 고결한 사람들은 그들의 덫에 걸려들겠지."

18세기 절대주의의 현실을 읊조리는 듯한 괴츠의 대사는 '거짓의 시대', '비열한 놈들'의 '권모술수'로 타락한 미래상을 예언한다. 더불어 "이런 분을 몰라보는 후대에 저주가 있으리라!"라는 마지막 대사는 독자들에게 많은 것을 시사한다. 즉, 청년 괴테는 과거의 현재화를 통해 시민혁명이라는 시대정신을 이끌어내고자 했던 것이다. 또한 그는 묻혀 있던 절대적 자유의 가치를 소환하여 새로운 미래의 가능성을 제시했기에, 가장 독일적인 불후의 명작을 남길 수 있었다.

젊은 베르테르의 슬픔

Die Leiden des jungen Werther, 1774

미리보기

베르테르는 집안의 유산 문제를 해결하기 위해 친척 집을 방문한다. 이때 근처의 발하임이라는 마을이 마음에 들어 그곳에서 지내기로 마음먹는다. 하루는 산책을 하다가 한스와 필립이라는 아이들과 친해져 종종 이들과 음식을 나눠 먹으며 시간을 보냈다. 베르테르는 한 머슴 총각을 알게 되어 이야기를 나누었는데, 그는 여주인을 짝사랑하고 있으나 그녀가 재혼할 생각이 전혀 없어 안타까워했다.

  베르테르는 S법무관으로부터 무도회 초대를 받아 마차를 타고 무도회장으로 향했다. 가는 길에, 무도회 파트너 신청을 한 여성을 태우기 위해 잠시 저택에 들렀다. 그의 무도회 파트너는 로테라는 아가씨였는데, 그녀는 베르테르에게 '자신은 약혼한 사람이 있으니 자신에게 반하면 안 된다'는 농담을 건넸다. 하지만 베르테르는 그녀를 보고 첫눈에 반한다.

　베르테르는 무도회장에서 손꼽아 차례를 기다리다 결국 로테와 춤을 추게 되는데, 이때 어떤 부인이 지나가면서 그녀에게 '알베르트'를 언급한다. 베르테르는 알베르트가 그녀의 약혼자라는 사실을 알게 된다. 그때 갑자기 큰 천둥이 쳐 무도회가 잠시 중단된다. 이때 로테가 당황한 사람들을 향해, 숫자를 세다가 틀린 사람은 뺨을 맞는 '숫자 게임'을 제안한다. 게임 진행 과정에서 로테가 벌칙으로 베르테르의 뺨을 때리는데, 그는 다른 사람보다 자신을 더 세게 때린 것 같아 흐뭇해한다. 베르테르는 돌아가는 마차에서 로테에게 재회를 요청했고, 그 후 그녀의 집에 자주 방문한다.

　이후 베르테르는 로테 이야기가 나오거나 그녀와 대화를 나누는 것만으로도 행복함을 느꼈다. 그러나 로테가 자신의 약혼자에 대해 애정을 담아 이야기할 때마다 박탈감에 사로잡히기도 했다. 베르테르의 친구들은 걱정이 되어 그에게 공사(公使)를 수행하여 거처를 옮기는 것을 추천하지만, 그는 누군가에게 예속되는 것을 좋아하지 않는다며 거절한다.

　로테의 약혼자인 알베르트가 집에 돌아왔다. 그는 좋은 관직과 평판에 걸맞게 점잖은 사람이었다. 베르테르의 친구 빌헬름은 그에게 로테에 대한 확실한 결단을 조언했으나 베르테르는 쉽지 않다고 답한다. 그러던 중 베르테르는 여행을 위해 권총을 빌리러 갔다가 알베르트와 자살에 관한 말다툼을 하게 된다. 하지만 그의 생일에 맞춰 알베르트로부터 소포가 도착한다. 그것은 베르테르가 달라고 요청했던 것으로, 로테를 처음 봤을 때 그녀의 가슴에 달렸던 분홍색 리본이다. 결국 베르테르는 로테 곁을 떠나기로 결심한다. 그래서 이들과 마지막 산책을 하고 작별 인사를 건넨다. 하지만 그렇게 헤어지고 난 뒤 베르테르는 바닥에 엎드려 울음을 터트리고 만다.

이후 베르테르는 D시에서 지내게 된다. 그리고 그곳에서 C백작을 알게 되는데, 박식하고 인정이 많아 믿고 따르게 된다. 반면, 베르테르는 공사 때문에 늘 불쾌하고 속상했다. 그래도 C백작의 신뢰를 위안 삼아 적막한 D시에서의 생활을 이어갔고, 로테에게 그리움을 담은 편지를 쓰기도 했다. 그 사이 결국 로테와 알베르트는 결혼식을 올린다.

베르테르는 공사의 일 처리 방식이 불합리하다고 판단하여 자신의 생각대로 일을 처리한다. 그러자 공사는 이를 궁정에 보고했고, 이로 인해 베르테르는 장관으로부터 가벼운 질책을 듣는다. 이에 사표를 낼 결심을 하지만, 베르테르의 예민한 감수성을 훈계하며 본인의 진가를 살려보라는 장관의 편지를 받게 된다. 편지를 본 베르테르는 다시 용기를 얻고 마음을 진정시킨다.

그러던 중 베르테르는 C백작의 집에 초대를 받는다. 그런데 하필 그날 저녁, 베르테르에게 미처 말하지 않았던 상류사회의 파티가 예정되어 있었다. 파티 시작 전, 베르테르가 그들과 살짝 대화를 주고받자 이내 귀족들이 몰려왔다. 그 중 한 사람이 C백작에게 말을 걸었고, C백작은 베르테르에게 와서 그가 모임에 참석한 것에 못마땅해하는 사람들이 있다고 전해준다. 베르테르는 사과하고 그곳을 빠져나와 해가 진 뒤 식사하러 레스토랑으로 향한다. 그런데 베르테르가 사교모임에서 쫓겨난 일이 사람들에게 알려졌는지, 베르테르는 '머리 좋다고 신분이나 관습을 무시하더니 꼴 좋다'는 수군거림을 듣는다. 낙심한 베르테르는 결국 궁정에 사직서를 낸다.

이후 베르테르는 발하임으로 가서 필립을 찾아간다. 필립은 환호성을 지르며 달려 나왔고, 어머니로부터 둘째 한스가 죽었다는 말을 전해 듣는다. 베르테르는 낙담하며 아이에게 돈을 주고는 그곳을 떠난다. 이어 그는 예전에 여주인을 사모하던 머슴 총각을 우연히 만난다. 그리고 그가 일하던 곳에서 쫓겨난 이야기를 듣게 된다.

어느 날 머슴은 여주인의 방에 가서 그녀를 범하려 했는데, 여주인이 그를 밀쳐냈고 때마침 여주인의 오빠가 이를 목격하게 되었다. 오빠는 행여라도 동생이 결혼하게 되면 자기 아이들 몫으로 돌아갈 유산이 줄어들까 봐 동생이 남자를 만나는지 늘 감시하고 있었던 것이다.

베르테르는 다시 로테의 곁으로 돌아왔지만, 최근 들어 자주 비참한 상황을 겪다 보니 낙심하며 무절제한 생활을 하게 된다. 그런 베르테르에게 로테가 진심 어린 충고를 하는데, 베르테르는 그런 그녀가 한없이 사랑스러웠다.

베르테르는 강기슭을 산책하다가 꽃을 찾고 있는 한 남자를 만난다. 하지만 그와 말을 주고받을수록 비정상적인 느낌이 들었다. 그래서 슬쩍 꽃의 사용처를 물었더니, 그는 애인에게 꽃다발을 선물할 것이라고 답했다. 그때 한 노파가 나타나, 불쌍한 자식이라며 온전히 행복했던 시절만 자랑삼아 반복해서 말한다고 귀띔해 준다. 사실 이 남자는 로테 아버지의 서기였는데, 로테를 사모하다가 미쳐버린 것이었다. 그런 사실을 알게 된 베르테르는 큰 충격을 받는다.

로테의 집에 방문한 베르테르는 피아노를 치는 그녀의 손가락에 결혼반지가 끼워져 있는 것을 보고 눈물을 흘린다. 그녀가 연주하는 멜로디가 더 감정을 복받치게 했다. 그래서 베르테르는 로테에게 제발 그만하라고 소리친다. 로테는 몸이 안 좋냐고 물으며 돌아가서 마음을 진정하라고 했고, 베르테르는 그 자리를 박차고 나와버린다.

마침내 베르테르는 정신적 균형이 무너지게 된다. 그는 이런 상태에서 벗어나려 했지만, 자신은 불행하다며 고집을 부리거나 부낭하다고 생각하고, 또 알베르트를 안 좋게 평가했다. 그리고 전 재산을 탕진하고 괴로워했다.

그러던 어느 날, 발하임의 한 농부가 타살당했다는 소식을 듣게 된다. 피살자는 어느 미망인의 머슴으로 밝혀졌다. 베르테르는 범인이 예전 여주인에 대해 이야기했던 머슴이라는 것을 알고, 자신과 같은 처지인 것 같아 불쌍함을 느끼고는 법무관 앞에서 그를 변론했다. 하지만 살인자를 옹호한다며 책망을 들어야 했고, 그와 함께 변론도 실패로 돌아갔다.

어느 겨울날, 알베르트는 로테에게 베르테르의 불행한 열정을 언급하며, 되도록 멀리하고 싶으니 방문을 자제시켜 달라고 했다. 베르테르는 크리스마스를 앞둔 일요일에 로테를 찾아갔다. 마침 선물을 정리하던 로테는 베르테르에게 크리스마스이브까지 오지 않으면 선물을 줄 것이라고 말했다. 그러자 베르테르는 이제 다시는 만나지 않겠다고 소리쳤고, 로테는 베르테르의 격한 성격을 나무라며 애절한 집착을 다른 데로 돌려달라고 부탁한다. 이어 베르테르는 알베르트와 어색한 분위기 속에서 차가운 대화를 주고받은 뒤 집으로 돌아와 울음을 터뜨린다.

베르테르는 하인에게 여행을 떠날 거라며 준비를 시키고 모든 채무 관계를 정리한다. 그리고 로테에게 마지막 편지를 썼다. 그 사이 로테도 베르테르와 헤어지고 나면 채울 수 없는 공허감이 남을 것 같아 우울한 감정에 시달렸다. 이후 베르테르는 약속을 어기고 다시 로테를 찾아갔다. 로테는 단둘이 있는 상황을 피하고 싶어 친구들을 부르려 했으나 모두 올 수 없는 상황이었다. 그래서 로테는 베르테르가 직접 번역한 〈오시안〉이라는 서사시를 읽어달라고 부탁했다. 등장인물의 운명에서 자신들의 불행을 느낀 두 사람은 계속 눈물을 흘렸다. 막바지에 이르자 베르테르는 절망에 빠져 로테 앞에 무릎을 꿇고 앉았고, 그녀는 심상치 않은 예감에 몸을 기댔다. 그러자 베르테르는 두 팔로 끌어안은 채 격렬한 키스를 퍼부었다. 로테는 가녀린 손으로 그의 가슴을 밀쳐냈고, 다시는 만나지 않을 것이라며 뿌리치듯 방을 떠났다. 30분 넘게 바닥에 쓰러져 있던 베르테르는 로테를 다시 불렀으나 대답이 없자 성문 밖을 헤매다 집으로 돌아온다.

다음 날 저녁, 베르테르는 하인을 시켜 알베르트에게 여행에 필요할 것 같아 권총을 좀 빌려달라는 쪽지를 보냈다. 알베르트는 로테에게 권총을 내주도록 하고는 여행 잘 다녀오길 바란다고 전한다. 공황 상태에 빠진 로테는 온갖 끔찍한 일들이 벌어질 것 같았지만, 이런저런 이야기로 애써 잊으려 했다. 한편, 베르테르는 로테가 직접 권총을 건네주었다는 말을 듣고 감격스러워한다. 정각 10시, 그는 하인에게 술 한 병을 가져오게 하고, 일찍 마차가 올 것이라 말하며 잠자리에 들게 했다.

이튿날 아침 6시. 하인이 방바닥에 쓰러져 있는 주인과 권총을 보았다. 하인은 서둘러 의사와 알베르트를 부르러 달려갔다. 의사가 왔으나 이미 손을 쓸 수 없는 상태였다. 베르테르는 푸른 연미복에 노란 조끼를 단정하게 걸친 채 장화도 신고 있었다. 그는 낮 12시경에 숨을 거두었다. 알베르트는 경악했고, 로테는 의식을 잃을 만큼 비통해했다. 일꾼들이 운구를 맡았으며 성직자는 한 사람도 동행하지 않았다.

베르테르 열병

셰익스피어로 대표되는 괴테 이전 문학에서는 인물보다는 배경 및 가문이 사건의 기본값으로 등장한다. 독자들은 본인과 다른 세계의 이야기라는 생각에, 상대적으로 몰입감이 떨어질 수밖에 없었다. 하지만 괴테의 《젊은 베르테르의 슬픔》이 나오면서 이야기 전개 양상이 크게 달라졌다. 기존 문학에서는 주인공으로 등장하지 않았던 평범한 시민 계층이 전면에 등장하기 시작한 것이다. 소설 속 주인공인 베르테르 역시 시민 계층으로, 사랑을 경험해 본 사람이라면 쉽게 공감할 수 있는 내용으로 이야기가 전개된다. 그래서인지 《젊은 베르테르의 슬픔》은 초판에서 끝나던 당시 출판 환경과는 달리, 추가 인쇄 요청이 끊이지 않았다. 이러한 인기에 힘입어 유럽 각국에서 번역본을 출간하게 되었는데, 이는 기존에 해당 국가에서만 소비되던 문학이 세계문학으로 나아가게 된 첫 사례에 해당한다.

   소설 속에 등장한 장면 가운데 일부는 유럽 전역에 유행을 불러 일으키기도 했다. 먼저, 베르테르가 로테와 처음 만났을 때와 죽기 전에 입었던 옷차림이 현실 세계에 등장한다. 청년들 사이에서 노란 조끼와 파란 프록코트에 장화를 신는 패션이 유행한 것이다. 이는 베르테르처럼 당대의 사회규범에 저항하고자 하는 하나의 수단으로 나타났을 것이라 생각된다.

또한 《젊은 베르테르의 슬픔》은 소설에만 그친 것이 아니라 오페라, 희곡 같은 2차 창작물로도 이어졌다. 여기서 더 나아가 당시 '베르테르'나 '로테'를 마케팅에 활용하기도 했다. 예를 들면, 향수와 도자기 등에 베르테르와 로테의 그림을 새겨 상업적인 성공을 거둔 것이다. 그러면서 급기야 그동안 금기시되었던 자살에 대한 인식의 변화를 가져오기에 이르자 《젊은 베르테르의 슬픔》의 문화적 파급 현상에 대해 '베르테르 열병'이라고 정의하게 된다. 오늘날도 드라마나 영화 등이 크게 유행하면 팬덤이 형성되고 굿즈나 스페셜 에디션 등이 제작되기도 하는데, 《젊은 베르테르의 슬픔》이 그 시초라고 할 수 있을 것이다.

베르테르 효과

'베르테르 열병'은 '덕질'이라 불리는 일종의 팬덤 현상이다. 그런데 이런 현상에 빠진 사람들은 자신의 영역을 구축하며 외부인을 경계하고, 그로 인해 부정적인 인간관계가 형성되기 쉽다는 특징을 지닌다. 마찬가지로 '베르테르 열병'으로 인해 당시 청년들은 기성세대 및 규범과 구분을 짓고, 베르테르의 복장을 하거나 해당 소설책을 소지품으로 지니고 다니는가 하면, 모방 자살을 시도하기에 이른다. 청년들은 자살을 통해 사회에 대한 저항과 종교에 대한 반발 등 그들의 목소리를 내고 싶었던 것이다. 하지만 이로 인해 《젊은 베르테르의 슬픔》은 한때 라이프치히 의회를 비롯하여 일부 유럽 국가에서 유통 및 판매가 금지되기도 하고 많은 비판 여론도 일어났다.

"《젊은 베르테르의 슬픔》이 출판되고 나서 곧 밀라노에서 이탈리아어 번역본이 나왔지. 그런데 얼마 뒤에 모든 곳에서 《젊은 베르테르의 슬픔》의 번역본이 사라져 버렸어. 주교가 밀라노 교구의 성직자들에게 이 책을 모조리 사들이라고 했기 때문이야. 나는 그 사실을 알았지만 화를 내지는 않았어. 오히려 《젊은 베르테르의 슬픔》이 가톨릭 입장에서는 '나쁜 책'이라는 것을 재빨리 알아챈 영리한 사람이 있다는 것이 반가웠고, 곧바로 가장 유효한 수단을 써서 이 책을 세상 사람들의 눈이 닿지 않는 곳에 매장해 버린 그를 칭찬하지 않을 수 없었네."

1829년에 괴테가 에커만에게 말한 내용이다. 모방 자살이 유행하자 이를 염려한 이탈리아 종교계에서는 번역본을 모두 구매하여 폐기해 버린 것이다. 하지만 '닭 모가지를 비틀어도 새벽은 온다'는 말처럼, 품귀 현상 때문에 오히려 세상의 이목을 더 끌었을 듯하다. 어쨌든 괴테 입장에서는 주인공 베르테르를 통해 세상에 말하고자 했던 내용이 잘 전달되고 있다는 신호였기에 반가웠을 것이다.

그리고 1830년 3월 17일 에커만과의 대화에 나오는 더비 지방 주교(브리스틀)와의 일화를 살펴보면, 괴테가 당시 종교인들에게 수없이 추궁당하고 시달렸음을 알 수 있다.

괴테가 말했다.
"브리스틀 주교는 예나를 지나서 왔어. 그는 나랑 친해지고 싶다면서 어느 날 저녁에 자기 집에 한번 방문하라고 하더군. 그는 종종 무례하기도 했지만, 다른 사람이 자기를 무례하게 대하면 오히려 아주 싹싹한 태도를 보이더군. 그는 《젊은 베르테르의 슬픔》에 대해 이야기하면서 나의 양심에 호소하며 설교하려 했어. 내가 그 젊은이를 자살로 잘못 이끌었다고 말이야. 그는 《젊은 베르테르의 슬픔》이 아주 비도덕적이고 저주받을 책이라고 말하더군. 그래서 내가 '그만두세요! 그 보잘것없는 책에 대해 그렇게 말씀하신다면, 단 한 번 펜을 놀려 10만 명을 전쟁터로 내보내고, 그중에서 8만 명이 스스로 죽거나 서로 죽이거나 방화를 하거나 약탈을 하도록 부추긴 이 세상의 권력자들에게는 어떤 말씀을 하시겠습니까? 그 잔인무도한 일을 두고서 고작 하느님께 감사드리고 찬송가나 부르시겠지요!'라고 소리쳤지."

괴테는 주교에게 자신의 소설보다는 황제나 권력자들의 어두운 측면을 바라보라며 오히려 당당한 모습을 보였다. 그러나 괴테 역시 비판적인 시선을 모른 척할 수 없었기에, 1787년 최종판에서는 내용을 살짝 수정하기로 마음먹는다. 즉, 베르테르의 병적 집착이 심리적 혼란을 가중시켰다는 점을 강조한 것이다. 또한 서문에 "만일 당신이 베르테르와 같은 절박함을 느끼고 있다면 그의 고통에서 위안을 얻길 바랍니다."와 같은 완곡한 당부의 말을 추가하기도 했다.

1974년에 사회학자 데이비드 필립스는 자신의 롤모델이나 존경하던 사람 또는 사회적으로 유명한 인물이 자살할 경우, 이를 자신과 동일시하여 자살을 시도하는 현상을 '베르테르 효과'라고 명명한다. 물론 최근에는 《젊은 베르테르의 슬픔》에서 보였던 사회적 저항 의식에 대한 동조와는 거리가 먼 단순 모방에 가깝다.

베르테르 효과는 언론에 보도되는 유명인의 자살 뒤에 일반인의 자살이 급증한 점에 주목한 표현인데, 이때 그 유명인의 자살이 언론매체에 많이 노출될수록 자살률이 높아지는 현상을 이론화한 것이다. 무엇보다 언론매체에서 자살을 과대 포장하거나 어쩔 수 없었다는 감상적 표현들을 남발할 때 자살률이 더욱 높아졌다. 따라서 언론매체 등에서 자살을 다룰 때는 냉철하고 신중한 자세로 접근할 필요가 있다.

이러한 점에 주목할 때, 괴테가 《젊은 베르테르의 슬픔》 최종판에서 베르테르의 자살에 따른 감정적 격분이나 절박감, 저항보다는 카타르시스 같은 감정의 위안이나 정화 쪽으로 개작한 것은 바람직해 보인다.

시민계급 청년의 좌절

《젊은 베르테르의 슬픔》에서 베르테르는 신분제가 폐지되었음에도 시민계급에게 보이지 않는 벽이 존재하며, 이로 인해 사회적 참여도 제한적이라는 것을 몸소 보여준다. 이 작품의 제1부에서 베르테르는 아이들이나 머슴, 일반 평민 등 소박한 삶을 살아가는 이들과 스스럼없이 어울리며 유대감을 보인다. 또 발하임에 머무는 동안에는 인근 밭에서 소소하게 작물을 키우고 문학 작품도 즐기며 만족스러운 삶을 살아간다. 그런데 운명의 장난처럼 만나게 된 여인, 첫눈에 반했지만 이미 약혼한 로테와의 이루어질 수 없는 사랑 때문에 괴로운 삶이 시작된다. 그리고 제2부는 베르테르가 이러한 상황을 극복하기 위해 거처를 옮기고 공사관에서 일에 매달리는 것으로 이야기가 시작된다. 하지만 베르테르가 그의 친구인 빌헬름에게 보낸 편지를 보면 그것 또한 순조롭지 않아 보인다.

> 짐작은 했지만, 공사는 나를 정말 기분 나쁘게 해. 그는 세상에서 가장 고지식하고 꽉 막힌 인간이야. 모든 것을 순서대로 처리해야 직성이 풀리는지, 시어머니처럼 사사건건 참견이야. 결코 스스로 만족하지 못하는 인간이라서 누가 무슨 일을 해줘도 고마운 줄을 몰라.

공사(公使)는 흔히 말하는 '꼰대' 같은 인물형이다. 하지만 그런 공사와 달리 위안이 되는 인물도 있는데, 바로 C백작이다.

얼마 전에 그가 공사의 느린 일 처리 방식과 지나치게 꼼꼼한 성격이 마음에 들지 않는다고 내게 솔직하게 털어놓았어. 그는 이렇게 말했지.
"그런 사람들은 자기 자신뿐만 아니라 다른 사람들도 힘들게 해요. 하지만 산을 넘는 나그네처럼 그 정도는 참고 견뎌야 합니다. 물론 산이 없다면 가는 길이 훨씬 쉽겠지요. 그러나 산이 가로막고 있다면 그 산을 넘는 것 말고는 다른 방법이 없어요."

그들은 공사에 대해 함께 험담을 나눈다. 그럼에도 C백작이 제시한 답은 참고 견뎌야 한다는 것이었다. 이후 공사는 베르테르가 C백작과 친하게 지내는 것을 알고 틈틈이 C백작의 험담을 늘어놓는다. 결국 베르테르는 공사에게 격한 말대답을 하게 된다. 공사는 이를 장관에게 보고했고, 베르테르는 징계를 받게 된다. 가해자가 오히려 피해자에게 덤터기를 씌운 꼴이 돼버린 것이다.
여기에 더해 베르테르는 C백작과도 갈등을 겪는다. 앞서 '미리보기'에서 살폈던 내용처럼, C백작이 베르테르를 저녁 식사에 초대한 날에 마침 상류층 사교 모임이 있었다. 이날 베르테르는 상류층의 요청으로 사교 모임에서 쫓겨나게 되고, 이후 본인에 대한 안 좋은 소문이 퍼지자 결국 사직서를 제출하게 된다.

그리스어와 고전에 능통하고 아이들 돌보기를 좋아했던 유망한 청년이 직장 내 괴롭힘을 당하고, 보이지 않는 벽 앞에 결국 무릎을 꿇게 된 사건이라 할 수 있다. 이 일로 베르테르는 주체성을 상실하고 만다.

해당 에피소드는 기성 사회의 편견과 인식에 대한 비판 의식을 키웠을 것이다. 만약 베르테르에게 사회 초년생을 위한 안전장치나 관심과 배려가 있었다면, 베르테르가 실연의 상처를 딛고 훌륭한 공사로 성장했을지도 모를 일이다.

나폴레옹과의 만남

나폴레옹은 유럽의 군주들을 에르푸르트로 소집해 제후국 회의를 개최한다. 이때 나폴레옹이 인근 바이마르에 거주하던 괴테에게 방문을 요청한다. 나폴레옹은 《젊은 베르테르의 슬픔》을 일곱 번이나 읽었고, 이집트 전투 때도 늘 가지고 다닐 정도로 열혈 독자였다. 당시 나폴레옹은 유럽 대륙의 지배자로 군림하고 있었고, 괴테는 문학계에서 독보적인 위치를 차지하고 있었기에, 둘의 만남은 단순히 문학가와 정치가의 만남을 넘어 남다른 의미를 지니는 사건이었다.

1808년 10월 2일 오전 11시경, 나폴레옹과 괴테는 에르푸르트

총독 관저에서 한 시간가량 만났다. 이 만남에서 나폴레옹은 자신이 여러 번 읽었던 《젊은 베르테르의 슬픔》에서 다소 아쉬웠던 부분을 지적하기도 했고, 프랑스의 비극과 괴테의 사생활 등에 대해 이야기를 나누었다. 또한 나폴레옹은 괴테에게 로마의 율리우스 카이사르 시저를 다룬 비극 작품을 써줄 것과 파리 방문을 요청하기도 했다. 그러나 괴테는 그 요청을 실행으로 옮기지는 않았다. 그런데 나폴레옹이 한편으로는 영웅이기도 하지만 다른 한편으로는 독재자라는 양면성을 지니고 있었기에, 둘의 만남이 추후 여러 가지 소문을 낳기도 했다.

나폴레옹을 만난 지 16년이 지난 1824년에 괴테는 당시 상황을 글로 남겼다.

그는 베르테르에 대해 자세하게 말했다. 그는 구체적인 대목을 언급하면서 "왜 그렇게 서술했습니까? 자연스럽지 않아요."라고 했다. 그는 그 까닭을 길게 이야기했지만, 아주 정확했다. 나는 잠자코 그의 얘기를 들었다. 그리고 만족스러운 미소를 지으며 그에게 답했다.
"누가 그런 지적을 했는지는 모르겠지만, 나는 그 말이 정말 맞다고 생각합니다. 문맥의 사실성이 떨어지는 문제는 인정합니다. 다만 시인은 사실 그대로 표현하기 어려운 부분에서 인위적인 허구를 만들어 도피처를 찾기도 합니다."
그는 내 말에 동의했다.

여기서 나폴레옹이 자연스럽지 않다고 지목한 대목은 무엇일까? 이에 대해 괴테의 동시대인들과 이후 수많은 학자들이 답을 찾으려 했으나, 지금까지도 확실치 않다. 나폴레옹과의 대화는 1842년 1월 2일 에커만과의 대화에도 등장한다.

나는 괴테에게 나폴레옹과 나누었던 대화에 대해 말했다. 괴테의 미발간 원고들 가운데 이와 관련된 내용이 있다는 것을 알게 되었는데, 나는 그것을 완성해 보면 좋을 것 같다고 여러 번 권했다.
"나폴레옹은 선생님에게《젊은 베르테르의 슬픔》가운데 어떤 대목을 지적하면서 그것이 자연스럽지 않다고 말했고, 선생님도 그 말에 동의하셨습니다. 저는 그게 어떤 대목인지 궁금합니다."
괴테는 의미심장한 미소를 지으며, 나폴레옹이 지적한 대목을 한번 추측해 보라고 말했다.
"제 생각에는 로테가 베르테르에게 권총을 보내는 장면일 것 같습니다. 알베르트에게 말하지도 않았고, 베르테르에게 자신의 마음을 전하지도 않았으니까요. 물론 선생님은 로테의 침묵에 의미를 부여하려고 하셨겠지만, 한 사람의 생명이 걸린 절박한 상황인데, 아무래도 그 근거를 제대로 드러내지 못하신 것 같습니다."
"자네 말도 일리가 있어. 하지만 나폴레옹이 그 장면을 지적했는지는 밝히지 않는 게 좋겠군. 하지만 자네의 생각도 나폴레옹 못지않게 정확하네."

에커만도 그 궁금증을 해결해 보려고 노력했지만, 정작 괴테는 답을 밝히지 않는다. 그래서인지 여전히 그 '대목'과 관련된 많은 저서와 논문이 발표되고 있다. 연구 결과를 바탕으로 나폴레옹이 지적한 대목을 정리하면 네 가지 정도로 볼 수 있다.

먼저, 불안한 로테의 내면 묘사에 대한 미흡함이다. 이는 앞에서 에커만이 말한 내용과 같다. 둘째, 베르테르의 성격이다. 베르테르의 성공하리라는 막연한 공명심과 열정적인 사랑이 혼재되어 개연성을 떨어뜨렸다는 것이다. 셋째, 베르테르의 수동성이다. 로테와의 사랑을 이루기 위해 적극적으로 노력하는 모습을 보이는 게 자연스럽다는 것이다. 끝으로, 자살 장면이다. 베르테르는 자신의 오른쪽 눈 위에 총을 쏘아 머리가 관통되었다고 했는데, 실제 이 상태로는 검지로 방아쇠를 당기기가 어렵다는 것이다.

하지만 이 중에 답이 없다고 한들 무슨 상관이겠는가? 《젊은 베르테르의 슬픔》은 우리에게 지금도 사랑과 삶에 대한 진지하고 다양한 질문을 던지며, 그 속에서 자신만의 답을 찾기를 기다리고 있다.

친화력

Die Wahlverwandtschaften, 1809

미리보기

두 젊은 남녀인 에두아르트와 샤를로테는 사랑에 빠진다. 그러나 에두아르트는 아버지의 뜻에 따라 돈 많은 여성과 결혼했고, 샤를로테 역시 부유한 남성이 구혼하자 그와 결혼했다. 하지만 두 사람은 모두 배우자와 사별한 뒤 다시 만나 재혼하게 된다.

그러던 어느 날, 에두아르트는 친구인 대위를, 샤를로테는 오틸리에를 집으로 데려오기로 한다. 대위가 에두아르트의 편지를 받고 먼저 찾아왔는데, 그의 등장으로 여러 집안일이 수월해진다.

에두아르트는 자신이 책을 읽을 때 누군가 들여다보는 것을 싫어했는데, 하루는 샤를로테가 그의 책을 들여다보았다. 그가 화를 내자, 그녀는 '친화력에 관한 구절을 보고 주변 사람들이 떠올라 집중하다 보니 일어난 일'이라고 해명한다. 그리고 그들은 선택적 친화력으로 화제를 이어간다. 때마침 기숙학교에서 오틸리에의 귀가 요청 편지가 도착하고, 현 상황을 친화력에 대입하여 생각하던 그들은 네 번째 물질로 오틸리에를 불러오기로 한다.

오틸리에는 부지런히 집안일을 익히며 샤를로테의 말벗이 되었다. 또한 오틸리에 덕분에 모임이 예전보다 더 활력을 보인다. 이 영향으로 그들은 개선된 공원 사업을 다시 추진한다. 이에 따라 샤를로테와 대위의 공동 작업이 시작되고, 에두아르트와 오틸리에가 함께하는 시간이 늘어났다.

대위는 새로운 공사의 초석 놓는 일을 샤를로테의 생일 행사로 하자고 에두아르트에게 제안한다. 그사이 오틸리에는 완벽한 관리인이 되어 있었다. 어느 저녁, 에두아르트는 오랜만에 플루트 연주를 하려고 오틸리에에게 반주를 청했고, 그들은 완벽한 하모니를 선보인다. 이후 모임이 예전 같은 활기를 띠지 않자, 에두아르트는 샤를로테의 피아노 반주에 맞춰 대위의 바이올린 연주를 부탁했고, 모두 만족하며 공동 연습을 약속한다.

드디어 샤를로테의 생일에 마을 사람들과 정초식(공사 착수를 기념하는 의식)이 진행됐고, 백작과 남작 부인이 도착한다. 이들은 각자 아내와 남편이 있었지만 밀회를 이어가는 관계로, 때마침 방문한 미틀러는 이들이 불행을 가져올 것이라며 서둘러 자리를 떠난다. 식사 시간이 되자 백작은 결혼제도에 대해 비판하며 이야기를 이어간다. 식사 후 백작이 대위를 위한 일자리를 제안하며 추천서를 작성하려 하자, 샤를로테는 갑작스러운 절망감에 눈물을 흘리며 자리를 피한다. 한편, 남작 부인은 에두아르트와 대화하며 오틸리에를 향한 열정을 간파한다. 그래서 샤를로테에게 오틸리에를 도시의 친구에게 보내도록 제안한다. 자정이 되자 에두아르트는 백작을 남작 부인의 방으로 안내했고, 돌아오는 길에 샤를로테 방으로 향한다. 그리고 에두아르트는 오틸리에를, 샤를로테는 대위를 떠올리며 사랑을 나눈다.

손님들이 떠나자 샤를로테, 에두아르트, 대위는 나룻배를 타기 위해 산책하러 나간다. 하지만 오틸리에가 생각난 에두아르트는 서둘러 집으로 돌아간다. 서기가 병이 나 오틸리에가 이틀 동안 필사에 매달렸고, 돌아온 에두아르트 앞에 필사본을 내놓는다. 필사본을 들여다보던 에두아르트는 마지막으로 향할수록 마치 자신이 직접 쓴 것 같았다. 이에 사랑을 확인한 에두아르트는 오틸리에를 껴안는다. 그리고 다시 포옹하려는 순간, 샤를로테와 대위가 함께 들어온다.

이날 저녁에 샤를로테는 대위와 있었던 나룻배를 회상한다. 샤를로테는 다가올 이별에 대한 초조함 때문에 뭍에 내려 돌아가자고 말했다. 얕은 쪽으로 노를 저은 대위는 그녀를 뭍으로 옮기며 그녀에게 키스한 뒤 용서를 구했다. 정신을 차린 샤를로테는 그를 용서하고 아무 말 없이 성으로 돌아온 것이다.

에두아르트는 오틸리에의 생일에 맞춰 모든 작업을 충동적으로 서둘렀다. 반면, 샤를로테는 오틸리에에게 둘 사이의 관계에 대해 암시와 경고를 보냈고 우정의 모임도 사라졌다. 그동안 대위는 백작으로부터 소령 지위의 궁정 업무 제안과 긍정적인 미래 전망이 담긴 편지를 받는다. 그리고 본인 없이도 모든 것이 잘 진행되도록 만반의 준비를 해놓는다. 오틸리에의 생일에 맞춰 작업은 진행되었고, 에두아르트는 그녀를 위해 선물을 가득 채운 트렁크와 불꽃놀이를 준비한다.

지난번 기념식의 유명세로 많은 사람이 찾았고, 공식 행사가 끝났다. 밤이 되자 폭죽놀이를 보기 위해 둑 위로 사람들이 몰려들었다. 그때 돌연 지반이 무너지고 비명이 들려왔다. 대위는 물속으로 뛰어들어 사람들을 구조하고 성으로 돌아갔다. 반면, 에두아르트는 곧 불꽃놀이가 시작될 것이라 말하고 다니기 바빴다. 이 모습에 실망한 샤를로테는 자리를 떠났고, 에두아르트와 오틸리에만 남아 폭죽놀이를 즐기고 집으로 돌아온다.

다음 날 아침, 대위는 감사 편지를 남긴 채 떠났다. 샤를로테는 에두아르트에게 오틸리에를 내보내자고 제안하고, 이에 에두아르트는 그녀를 보내면 안 된다는 협박성 편지를 남기고 스스로 집을 떠난다.

샤를로테와 단둘이 남게 된 오틸리에는 달라진 상황이 고통스러웠다. 샤를로테는 대화와 일거리를 통해 오틸리에를 진정시키려고 노력했다. 또한 샤를로테는 기초공사가 완료되자 다시 시작할 수 있는 지점에서 작업을 일단 종결시켰다. 그리고 새로운 시설

물에서 농가의 소년들을 교육하고, 소녀들에게는 바느질과 물레질 등을 장려했다.

미틀러는 이 불행한 이야기를 들은 뒤 에두아르트의 거처를 찾아냈다. 미틀러는 그에게 정신을 가다듬어야 한다고 충고하지만, 에두아르트는 오히려 샤를로테에게 이혼에 대한 동의를 구해달라고 부탁한다. 한편, 샤를로테는 미틀러에게 자신의 임신 소식을 전하며 모든 것이 다시 잘될 것이라 여겼다. 그러면서 이 소식을 에두아르트에게 편지로 전한다. 편지를 받은 에두아르트는 돌처럼 굳어버린다. 결국 그는 전쟁에 출정하기로 마음먹고, 오틸리에와 나머지 사람들에게 유산 상속을 위한 유언장을 작성한다.

샤를로테의 묘지 정비 사업은 마을 사람들 대부분에게 만족감을 주었다. 하지만 이를 반대하는 측에서 법률가를 고용하여 교회 기부를 철회하며 소란을 일으킨다. 이때 건축사의 발언으로 샤를로테에게 유리한 방향으로 여론이 기울게 된다. 이어 건축사는 교회와 무덤의 개선안을 제안했으며, 곧 작업이 시작된다. 그는 예배당에 그림을 채워 세련되게 장식하자고 했고, 오틸리에도 함께 작업에 참여한다. 그 무렵, 신문을 통해 샤를로테와 오틸리에에게 에두아르트가 전투에서 두각을 나타내 훈장을 받았다는 소식이 전해진다.

이어 루치아네와 그녀의 약혼자, 고모와 사람들이 손님으로 찾아온다. 성격 급한 루치아네는 휴식 대신 집과 주변을 둘러보고 이웃들을 방문한다. 그녀는 버릇없이 구는 경우가 많았으나, 그 가운데 호의나 선행을 베풀어 사람들을 매료시켰다. 또한 루치아네는 오틸리에에게 냉혹하여, 오틸리에는 매사 시달림을 당했다. 약혼자는 건축사의 재능을 알아보고 새해부터 함께하기로 했다.

어느 날 갑작스레 백작과 남작 부인이 나타난다. 루치아네는 백작이 음악 애호가라는 말을 듣고 콘서트를 기획한다. 그러나 해당 가곡의 시인이 오틸리에에게만 관심을 보이자 자존심에 상처를 입는다. 하지만 그날 저녁, 루치아네는 자신의 장점을 살려 명화를 무대에서 실제로 연출하는 그림역할극을 통해 앙코르를 이끌어낸다. 공연 이후 손님들은 모두 떠났고, 루치아네와 일행은 자신의 도시에 도착할 때까지 여러 장원(莊園)을 돌며, 루치아네 중심의 모임을 이어나가기로 한다.

이별이 아쉬웠던 건축사는 크리스마스를 맞아 그림역할극을 연출하기로 한다. 그는 성모 역할을 오틸리에에게 맡겼으며, 주변 사람들과 아기 예수 탄생을 성공적으로 구현해 낸다. 공연 당일 오틸리에 기숙학교 시절 조교가 소년들의 교육을 위해 방문한다. 사실 그는 기숙학교 상속을 위해 자신의 배우자로 오틸리에를 생각하고 있었다. 그래서 오틸리에에게 기숙학교로 되돌아갈 것을 제안한다. 당연히 샤를로테는 찬성했고, 오틸리에는 아무 말이 없었다. 일단 조교는 샤를로테의 출산 이후 오틸리에에 대한 결정이 내려질 것이라는 생각에 기숙학교로 돌아간다. 마침내 사내아이가 태어난다. 샤를로테는 남편의 부재를 느꼈지만, 미틀러가 아이의 이름을 '오토'라고 짓고 세례식도 맡아 준비한다.

봄이 찾아왔고, 한 영국인이 동행인과 함께 방문한다. 영국인은 여행에 관한 이야기를 했지만 사람들의 반응은 냉담했다. 이후 동행인은 샤를로테와 오틸리에에게 진자 실험을 하게 된다. 그러자 샤를로테의 추는 미동이 없었고, 오틸리에의 추는 크게 회전했다. 이후 별난 인상을 남긴 손님들은 떠났고, 오틸리에는 태어난 아이에게 애정을 쏟는다.

에두아르트는 훈장을 달고 제대했다. 그리고 그는 이제 소령으로 승진한 예전의 대위에게 오틸리에와의 관계를 이어가겠다고 털어놓는다. 그러자 소령은 사태를 악화시킬 것이라고 충고한다. 그럼에도 에두아르트는 소령과 샤를로테가 함께하고, 자신과 오틸리에가 함께하자는 제안을 한다. 결국 소령은 샤를로테에게 기습 결혼 신청을 하여 그녀의 생각을 듣기로 한다. 그러나 샤를로테는 부재중이었다. 그사이 에두아르트는 초조함을 이기지 못하고 호수로 향한다. 그리고 아기와 호수 산책을 나온 오틸리에와 마주친다. 에두아르트가 자신의 계획을 말해주자 오틸리에는 샤를로테를 통해 운명을 결정하자며 그를 돌려보낸다.

오틸리에는 초조하게 아기를 기다릴 샤를로테를 떠올렸다. 마음이 급해진 오틸리에는 나룻배에 올라타려다가 아기를 물에 떨어뜨렸고, 다시 건져냈을 때는 이미 숨이 멎어 있었다. 이 소식이

마을에 퍼졌다. 소령이 위로와 함께 샤를로테를 찾아 방문 배경을 밝히자, 그녀는 이혼에 동의한다. 다만 소령과의 관계는 다음을 기약한다. 샤를로테 품에서 잠들었던 오틸리에는 현재 상황을 인지하고 있었다. 그래서 그녀는 속죄를 위해 에두아르트를 거부하고 소령과 했던 모든 조치를 취소시킨다.

샤를로테는 간신히 일상으로 복귀한다. 그리고 오틸리에는 참회와 체념을 통해 자신을 용서하고 기숙학교 복귀를 희망한다. 부부의 재결합을 희망하는 미틀러는 에두아르트를 찾아 그 소식을 전한다. 에두아르트는 오틸리에가 묵게 될 곳으로 미리 가서 편지를 쓰며 기다렸고, 오틸리에는 거절의 뜻을 나타낸다. 에두아르트가 다음 날 아침 다시 찾아가지만 그녀는 침묵하며 그를 거부한다. 하지만 오틸리에는 기숙학교 대신 샤를로테에게 돌아가는 것에는 동의하고 다시 성으로 향한다.

집사에게 자초지종을 들은 샤를로테는 소령을 부른다. 그가 오자 에두아르트는 속마음을 털어놓으며, 샤를로테에게 소령의 구혼을 받아들여야 한다고 졸라댄다. 그녀는 오틸리에가 에두아르트와 결합한다면 구혼을 수락하기로 한다. 단, 두 남자가 잠시 여행을 떠나야 한다는 조건을 제시한다. 그동안 오틸리에는 금식하며 침묵을 지킨다. 에두아르트는 여행을 가지 않겠다고 버티고, 이로 인해 모두 일상을 함께하다 보니 다시 옛날의 궤도대로 움직인다.

에두아르트의 생일 전날, 미틀러에게 십계명 연설을 듣던 오틸리에는 오랜 금식으로 인해 쓰러진다. 그동안 오틸리에의 음식을 시동이었던 나니가 대신 먹었던 것이다. 오틸리에는 생일 선물로 받았던 트렁크 가방을 가져다 달라고 한다. 그리고 에두아르트에게 살아 있겠다는 약속을 받은 뒤 영원한 작별을 고한다. 얼마 뒤 에두아르트도 오틸리에를 따르게 되었고, 그녀 옆에 나란히 묻힌다. 그들이 누워 있는 곳 위로 평화가 감돈다.

자연법칙과 이론의 활용

문학뿐만 아니라 자연과학에도 조예가 깊었던 괴테는 당대 유행하던 자연법칙을 자신의 소설에 활용했다. 해당 소설의 제목이 '친화력'으로 통용되지만, 원제의 단어는 '선택(Wahl)'과 '친화력(Verwandtschaft)'이 결합된 말로, '선택적 친화력' 정도의 뜻이다. 이는 스웨덴의 화학자 토르베른 베리만이 사용한 '화학적 친화력'이라는 개념을 모티프로 한 것으로, 자연과학적 개념을 사회과학적 개념으로 전환한 것이다. 그리고 작품 속에서는 대위의 입을 통해 괴테의 '친화력' 개념을 드러내고 있다.

> "자연 속의 어떤 것들이 서로 만나는 즉시 서로 끌어당기거나 서로의 상태에 영향을 미치는 경우, 우리는 그것을 '친화적'이라고 말합니다.

서로 대립되지만, 아니 어쩌면 서로 대립되기 때문에 가장 확실하게 서로를 찾고, 서로를 붙들고, 서로 영향을 미치며 함께 하나의 새로운 물체를 이루는 알칼리와 산의 경우에 그러한 친화력이 가장 두드러지게 나타납니다."

그런데 '선택적 친화력'에서 '선택'은 주체적 행위로 나타나는 '자유'를 뜻하고, '친화력'은 화학작용과 같이 자연스럽게 일어나는 '필연성'을 의미하므로 반어적 관계에 있다. 이와 관련하여 해당 합성어를 자신의 소설 제목으로 선택한 이유는 《교양층을 위한 조간신문》(1809년 9월 4일자) 속 괴테의 신간 소개를 통해 추론해 볼 수 있다.

필자가 이 특이한 제목을 붙이게 된 것은 자신이 계속해 온 자연과학 연구 때문일 것이다. 그는 인간의 지식 범주에서 멀리 떨어진 것을 더 쉽게 설명하기 위해 자연과학에서 흔히 윤리적 비유를 쓴다는 점에 주목했다. 그래서 그는 윤리적인 문제에 화학적 비유를 끌어와 인간의 정신적 근원을 탐구해 보고 싶었던 것 같다. 어디에도 자연은 하나뿐인데, 밝은 이성의 자유 영역에서조차 희미하고 격렬한 필연성의 흔적들이 끊임없이 펼쳐지기 때문에 더욱 그랬을 것이다. 이 흔적들은 오직 더 높은 손을 통해서만 지워질 수 있고, 현실에서는 완전히 지워질 수 없을 것이다.

괴테는 자연과학에서 쓰이는 '친화력'이라는 개념을 작품 속 네 사람의 관계와 윤리적 문제에 적용했다. 그리고 이러한 과학적 실험을 통해 '정신적 근원'인 인간의 내면을 파악하고자 했다. 따라서 괴테는 《친화력》을 통해 중심인물들이 '밝은 이성의 자유'를 지녔음에도, 인물에 따른 '필연성'으로 인해 다양한 양상이 전개될 수 있음을 보여주고자 했던 것이다. 이에 대해 작품 속 서술자는 다음과 같이 말하고 있다.

모든 사람에게 일상적으로 벌어지는 일은, 우리가 생각하는 것 이상으로 반복적으로 일어난다. 우리의 천성이 바로 그렇게 규정하기 때문이다. 성격, 개성, 경향, 방향, 공간, 환경, 습관 등은 다 함께 하나의 전체를 이루며, 모든 인간의 전체 속에서 어떤 자연 원소나 대기 속에 있는 것처럼 편안함과 아늑함을 느끼며 헤엄친다.

자연과 마찬가지로 인간의 천성 역시 다양한 요소로 이루어지며, 그러한 요소들의 '선택적 친화력'에 따라 개인의 성향이 달라진다는 것이다.

오틸리에가 등장하기 전, 샤를로테는 에두아르트, 대위와 함께 '선택적 친화력'에 대해 논의하며 "인간은 그러한 원소들보다 몇 단계나 위에 있는 존재"라고 밝힌다. 또 인간의 '정신적 근원'에 대해서 말하면서, '격렬한 필연성'에 해당하는 운명적인 끌림보다는

'밝은 이성의 자유'에 해당하는 합리적 선택에 대한 의지가 더 높다고 단언한다. 하지만 오틸리에의 등장으로 네 사람의 '선택적 친화력'에 따른 새로운 화학작용이 일어나 기존에 없던 결합이 발생하고, 그 과정에서 샤를로테가 자식을 잃자 단호함을 잃고 심중에 변화가 생긴다.

"운명이 집요하게 기획하는 일들이 있기 마련이에요. 이성과 덕망, 의무와 성스러움 같은 것들이 그 길을 막으려 해도 소용없어요. 우리에게는 부당해 보이지만 운명이 옳다고 하는 것들은 일어나기 마련입니다. 우리가 원하는 대로 행동하더라도, 운명이 결국 우리를 이기고 말아요."

비로소 샤를로테는 자신의 의지와는 상관없는 운명적이고 초자연적인 힘을 인정하게 된 것이다. 다만 괴테는 인간의 운명이 '더 높은 손'에 의해서만 바뀔 수 있다고 밝힘으로써, 인간은 자연법칙의 필연성에서 벗어날 수 없음을 강조하고 있다. 그럼에도 《친화력》은 등장인물이 처한 실험적 상황 속에서 모범 답안을 제시하지 않는다. 그래서 독자들에게 다층적이고 복합적인 해석과 논의를 불러일으켜, 독일 문학사에서 가장 많이 해석된 작품이면서 동시에 지금까지도 연구가 이어지고 있다.

이 외에도 괴테는 《친화력》에서 18세기 후반에 유행했던 '동물자기론(Animalischer Magnetismus)'을 활용하고 있다. 이는 당시 유명한 의사였던 프란츠 안톤 메스머가 주장한 것이다. 이 이론은 모든 생명체에는 '동물자기'라는 보이지 않는 힘이 존재하고, 이 힘의 순환을 통해 건강이 유지되며, 그래서 자기 치료가 필요하다고 주장한다. 괴테는 소설 속 오틸리에에게 이 이론을 도입하여 특정 광물에 대한 정서적·신체적 반응성을 보여준다. 제2부에서 오틸리에는 영국인과 함께 방문한 동행인과 산책을 한다. 이때 동행인은 오틸리에가 독특한 전율과 두통 때문에 회피하는 장소를 알게 되고, 해당 장소를 조사하여 석탄의 흔적을 발견한다. 영국인은 탐탁해하지 않지만, 동행인은 오틸리에에게 진자운동 실험을 해보려고 한다.

> 동행인은 그런 실험이 누구에게나 성공하지는 않는다고 해서 포기하지는 말아야 하며, 그럴수록 더 진지하고 철저하게 탐구해 보아야 한다는 뜻을 반복해서 얘기했다. 그렇게 함으로써 현재까지는 우리에게 숨겨져 있지만, 비유기적 존재들 사이, 유기적 존재들과 비유기적 존재들 사이, 유기적 존재들 사이의 연관성과 친근성이 드러날지도 모른다는 것이었다.

이는 유기적인 존재인 오틸리에와 비유기적 존재인 석탄 사이, 즉 인간과 물질 사이에 작용하는 보이지 않는 힘을 밝히고자 한 것이다. 이는 '동물자기론'과 연관된다. 이후 진자 실험에서도, 샤를로테는 움직임이 없었으나 오틸리에가 잡자 추가 크게 움직였다. 그리고 실험이 계속되자 오틸리에에게 두통이 일어났고, 동행인이 치료해 준다고 하자 샤를로테는 그 제안을 단호히 거절한다. 앞서 진자 실험을 탐탁지 않게 여겼던 영국인과 치료를 거절한 샤를로테는 이미 동행인이 동물자기론자임을 파악하고 있었던 것이다. 이들은 동물자기론의 반대 측을 대변하고 있으며, 실제로 동물자기론은 최면요법에 영향을 미치기는 했으나 과학적으로 입증되지 않아 19세기 중반 이후 점차 배척되었다.

　이렇듯 오틸리에만이 보이는 특이점들은 그녀가 자연에 대한 독특한 반응성과 감수성을 지녔음을 보여주는 모티프로 작용한다. 괴테는 해당 에피소드를 통해 동물자기론에 대한 양쪽의 입장을 제시하며 비판적으로 수용하고 있다. 그리고 이를 통해 오틸리에가 다른 등장인물들보다 더 강하게 자연법칙의 필연성과 관련되어 있음을 강조하고 있다.

가부장적 구조의 해체

《친화력》 출간 당시의 독일 사회는 나폴레옹의 침공으로 그동안 견고히 지속되던 질서와 가치가 새로운 변화를 맞이했다. 실제로 여성들이 경제활동에 참여하기 시작했고, 기존의 가부장적 가치관도 흔들리기 시작했다. 이 작품 속 인물들도 가부장적 남녀 관계와는 다른 모습을 보이는데, 남자보다 여자들이 더 긍정적으로 형상화되어 있다. 이는 에두아르트와 샤를로테의 부부관계에서 명확히 드러난다. 샤를로테가 가장의 역할을 맡고 있기 때문이다. 대위의 공원 설계 변경 제안에 대한 그녀의 답변을 보면 이러한 모습이 더욱 뚜렷하게 드러난다.

"그런 공사를 하기 위해서 비용이 얼마나 많이 드는지 안다면, 작업도 나눠서 해야 할 거라고 봐요. 주 단위로 하지는 않더라도 월 단위로는 나눠야죠. 회계는 제가 맡을게요. 청구서도 제가 지불하고 장부도 제가 작성할 거예요."

그녀는 모든 일의 최종 결성권자이며, 재무까지 총괄하고 있다. 그뿐만 아니라 집안일과 성 관리의 책임자로서 소작인들까지 담당하고 있으며, 중요한 논의 사항이 있으면 언제나 사람들은 그녀에게 최종 문의를 한다. 그리고 에두아르트를 비롯한 남성들 또한 이를 당연한 듯이 받아들인다. 괴테는 주체적으로 문제를 해결하는 샤를로테를 통해 성역할에 대한 새로운 관점을 제시하고 있는 것이다.

샤를로테와 에두아르트는 지향하는 자연 공간 및 활용에서도 차이를 보인다. 에두아르트는 베르사유 궁전에 딸린 정원처럼 온실에서 꽃과 나무를 가꾸는 프랑스식 정원을 추구하고, 샤를로테는 자연경관 전체를 활용하여 성 주변을 자연스럽게 공원화한 영국식 정원을 추구한다. 즉, 공간에 대한 규모와 관심의 차이도 전통적인 관념과 다르게 그려지고 있는 것이다.

새로운 사랑의 문제에 대한 해결법도 서로 다르다. 에두아르트는 샤를로테가 임신했다는 것을 알았지만 무작정 전쟁에 참가하는 유아적 모습의 도피 성향을 보인다. 하지만 샤를로테는 새로운 감정에 대한 성찰과 체념을 통해 한층 성숙한 모습으로 이내 평정을 되찾는다. 또한 오틸리에도 에두아르트와 같은 사랑을 지니고 있었지만 스스로 고행의 길을 선택함으로써 에두아르트보다 성숙한 모습을 보인다. 이에 대해 서술자는 에두아르트를 '응석받이', 샤를로테를 '훌륭한 지휘자'로 논평하며 샤를로테를 높이 평가한다. 그리고 에두아르트를 비롯하여 작중 남성 인물들인 대위, 미틀러, 백작 등은 시간이 흘러도 발전 없는 상태에 머물러 있지만, 샤를로테나 오틸리에 같은 여성 인물들은 점차 성장하는 존재로 그려진다. 그렇다고 샤를로테가 여성이 더 우월하다는 인식을 지니고 있는 것은 아니다.

"남자들은 개별적인 일만 생각하고 현재만 고려하는데, 그건 옳은 태도예요. 남자들은 실행하거나 활동하도록 태어났으니까요. 반면에 여자들은 삶에 있어 상호관계를 먼저 따지는데, 그것도 마찬가지로 옳은 태도예요. 여자들은 자신과 그 가족의 운명이 관계 속에 얽혀 있고, 또한 여자들은 그러한 관계를 살피도록 요구받고 있기 때문이죠."

그녀는 남자와 여자가 각각 성역할을 지니고 있으며, 그에 따른 상대성을 인정한다. 다만 샤를로테가 성역할에 대한 고정관념을 지닌 기숙학교 조교에게 하는 발언을 보면, 그녀가 가부장적 우월감을 바탕으로 여성들에게 일방적으로 요구되는 역할을 거부하고 있다는 것을 알 수 있다.

"우리는 당신의 충고를 최대한 받아들일 겁니다. 하지만 남성들이 가진 여성들에 대한 지나친 우월감을 허용하지 않기 위해서라도 여성으로서 여성들과 하나가 되어 일하겠어요."

그리고 불합리한 전통적 질서에 대한 해결책으로 여성들의 권익을 위해 서로 연대해야 한다고 생각한다. 하지만 소설 속 모든 여성이 현명한 것은 아니다. 루치아네와 기숙학교 여교장은 기존 여성들이 지닌 문제점을 노출하며 부정적으로 묘사된다. 또한 합리적이고 유능한 남성으로 대위, 건축사, 기숙학교 조교가 부각되기도 한다.

이를 종합하면, 결국 괴테는《친화력》을 통해 가부장적 위계를 중심으로 한 전통적 가족 구조를 비판하고, 남성과 여성의 공감과 협력을 통한 새로운 공존을 역설한 것이다.

다채로운 결혼관

젊은 시절 에두아르트와 샤를로테는 서로 사랑했지만, 결국 집안의 반대로 둘 다 부유한 연상의 연인과 결혼하게 된다. 그리고 배우자들의 죽음으로 인해 이 둘은 중년에 재결합한다. 하지만 청년기의 낭만을 떠올리며 시작된 결혼은 대위와 오틸리에의 등장으로 혼란에 빠져든다.

대위와 샤를로테는 서로에게 이끌려 사랑하게 되지만, 감성보다는 이성이 앞서 있었기에 결정적인 순간에 기존 질서에 순응하며 사랑을 체념한다. 반면, 에두아르트와 오틸리에는 속수무책으로 사랑의 운명 속으로 빠져든다. 이 둘은 이성보다는 감성에 치우친 사랑의 열정을 보여준다. 그리고 이로 인해 에두아르트는 새로운 관계 정립을 요구한다.

괴테는 이러한 일련의 과정을 통해 기존의 정략결혼을 우회적으로 비판하고, 사랑을 기반으로 한 결혼의 필요성을 제시한다. 심지어 그는 작품 속 백작의 입을 빌려 정략결혼을 '혐오스러운 종류의 결혼'이라 표현하고 있다. 또한 루치아네의 결혼도 사랑을 바탕으로 한 것이라기보다는 정략결혼에 가깝다.

샤를로테의 딸 루치아네는 기숙학교에서 나와 넓은 세상에 들어서고 고모 집에서 많은 사람에 둘러싸이는 경험을 하자, 사람들 마음에 들고 싶다고 생각했고 실제로도 그런 식으로 사람들 호감을 자극했다. 그리하여 어느 젊고 부유한 남자가 루치아네에게 격한 애정을 느끼며 그녀를 차지하고 싶어 했다. 그는 많은 재산 덕분에 무엇이든 가장 좋은 것을 자기 것으로 만들 수 있었고, 지금껏 그래 왔듯이 온 세상이 부러워할 완벽한 여성만 있으면 더는 부족한 것이 없을 것 같은 사람이었다.

루치아네는 부유한 남자가 필요했고, 상대에게는 세상이 부러워할 만한 완벽한 여성이 필요했기에 서로는 필요에 의한 결혼을 선택한다. 그래서 서술자는 이 둘의 결합을 부정적으로 언급하고, 자연스레 내용 자체도 빈약하게 구성되어 있다. 이는 사랑과 결혼에 대한 괴테의 인식이 내포되어 있는 것이다.
　이러한 인식은 오토의 익사 사고 이후 오틸리에의 모습을 통해 더욱 분명해진다. 상심에 빠진 오틸리에에게 때마침 기숙학교 조교와의 결혼 기회가 주어진 것이다. 오틸리에가 이를 선택했다면 현재 상황을 벗어나 안정을 도모했을 수 있다. 하지만 오틸리에는 정략결혼을 당당히 거절하고 스스로 고행의 길을 선택하여 결국 죽음에 이른다. 그녀는 정략결혼에서 벗어나 주체적인 인물로 거듭난 것이다.

  그 밖에도 괴테는 미틀러와 백작을 통해 전통적 결혼관과 근대적 결혼관을 대립적으로 드러내고 있다. 작품 속 백작은 남작부인과 사랑하는 사이다. 이 백작은 그의 부인이 이혼에 응하지 않아 불륜 관계를 유지한 채 공공연하게 남작부인과 여행을 다닌다. 당연히 전직 성직자인 미틀러는 이들을 용납하기 어렵다. 그래서 이들이 온다는 소식을 듣자마자 즉시 자리를 떠나며 다음과 같은 말을 남긴다.

> "결혼은 모든 문화의 시작이자 장점이 많지. 그것은 거친 사람을 부드럽게 만들고, 아무리 교양 있는 사람이라도 자신의 부드러움을 증명하기에 그보다 더 나은 기회는 없어. 결혼은 파기할 수 없어야 해. 왜냐하면 결혼은 많은 행복을 가져오니까. 모든 개개의 불행은 거기에 비하면 상대가 안 돼."

미틀러는 전통적인 결혼관을 지지하고 있다. 그는 중재자라는 본인 이름의 의미처럼, 자신이 중재를 맡은 뒤 이혼한 부부가 한 쌍도 없다는 것에 큰 자부심을 지니고 있다. 그렇기에 미틀러에게 이혼은 있어서는 안 될 일이다. 하지만 백작은 세상의 모든 것이

변화하고 있는데 유독 결혼만 항구적으로 지속되고 있다고 비판하며, 친구 이야기를 빌려 결혼과 이혼이 자유로운 근대적 결혼관을 주장한다.

"유감스럽게도 결혼이라는 것은 전반적으로(다소 심하게 표현하는 것을 이해해 주기 바랍니다.) 뭔가 미련한 짓입니다. 가장 부드러운 관계들도 망쳐놓거든요. 결혼이라는 것에 어떤 의미가 있다면 어설픈 안전성이라는 것뿐입니다. 적어도 한쪽한테는 그런 것이 어떤 의미가 있을 수도 있겠죠. 그래 봐야 뻔한 겁니다. 그렇게 맺어져 있어도 결국은 각자 자기 길을 가게 되어 있다는 말입니다."

백작은 결혼이 신성하다고 믿는 미틀러의 생각에 동의하지 않는다. 그는 결혼이라는 것이 결국 낭만적인 사랑을 가로막는 제도적 장치에 불과하다고 생각한다.

괴테는 전통적이고 보수적인 결혼관에 비판적이었지만, 그렇다고 근대적이고 진보적인 결혼관에 동의하고 있지도 않다. 그러므로 괴테는 《친화력》을 통해 정략결혼에 대해 비판하고 기존 결혼 제도의 문제점을 제기하여 결혼 제도 개선의 필요성을 밝히고 있다고 할 수 있다.

오틸리에의 성장일기

《친화력》은 이야기가 진행됨에 따라 그 중심이 점점 오틸리에로 향한다. 그러면서 오틸리에도 점점 성장해 가는데, 그녀의 성장은 총 4단계로 나누어 살펴볼 수 있다.

1단계는 제1부 1장에서 5장까지로, 이때는 오틸리에의 존재가 직접 드러나지 않고 기숙학교에서 샤를로테에게 보낸 편지를 통해 간접적으로 드러난다.

> 오틸리에를 비난할 수는 없지만 만족스럽지도 않습니다. 오틸리에는 늘 겸손하고 다른 사람들에게 친절합니다. 하지만 이러한 모습과 봉사 정신이 제 마음에 들지 않을 뿐입니다.

기숙학교의 여교장은 오틸리에의 소극적인 성격과 봉사하는 태도, 절제하고 절약하는 것에 대한 불만족을 표출한다. 반면, 함께 동봉된 조교의 편지에는 엇갈린 의견이 드러난다.

> 비록 지금은 닫혀 있지만, 정말 좋은 자질을 갖췄고 속도 단단히 영글어서 조만간 더 좋아지고 더 아름답게 커나가는 씨앗도 있는 법입니다. 부인의 양녀가 바로 그렇습니다. 제가 그 애를 가르칠 때마다 느끼는 거지만, 그 애는 항상 같은 속도로 천천히 나아가는 학생입니다.

천천히 나아가지만 결코 뒷걸음치는 법은 없습니다.

더불어 조교는 오틸리에가 부족한 점을 말하는데, 빠른 속도로 수업할 경우 오틸리에의 필체가 서툴러 다른 사람들보다 능숙하지 못하다고 이야기한다. 그럼에도 조교는 오틸리에를 '좋은 자질을 지닌 씨앗'으로 평가하고 있다.

여교장과 조교의 의견을 종합해 보면, 기숙학교 시절 오틸리에는 좀 어수룩하지만 인내하고 절제하면서 타인을 배려하는 전통적인 여성상에 가깝다.

2단계는 제1부 6장에서 16장까지로, 오틸리에는 에두아르트와 사랑에 빠지며, 더불어 전문적인 여성으로 거듭난다.

오틸리에는 전체 판이 어떻게 돌아가는지를 빨리 이해했고, 사실 몸으로 먼저 느끼고 있었다. 그녀는 여기 있는 사람 모두를 위해서 무엇을 신경 써야 하며, 개별적으로 무엇을 특별히 신경 써야 하는지를 금방 파악했다. 모든 일이 정확히 진행되었다. 그녀는 일을 시키더라도 명령하는 것처럼 보이지 않게 할 줄 알았다. 그리고 누군가가 뭔가를 소홀히 하면 그녀가 곧 그 상황을 처리했다.

성에 도착한 오틸리에는 기숙학교에서와는 다르게 집안일을 정확하게 해내며, 시간이 흐를수록 완벽해진다. 이후 오틸리에는 합주에서 서투른 에두아르트에 맞춰 반주를 연주해 주고, 에두아르트는 오틸리에가 책을 들여다보아도 화내지 않고 기다려주는 환상의 하모니를 이끌어낸다. 또한 기숙학교 시절 서툴렀던 오틸리에의 필체는 어느덧 에두아르트의 서체와 구분하기 어려울 정도로 비슷해지며, 둘은 서로의 사랑을 확인하게 된다. 이로 인해 이들은 주변의 사고에도 전혀 아랑곳하지 않고, 오틸리에의 생일 밤 단둘이 불꽃놀이를 즐길 정도로 서로에게 빠져든다. 괴테는 이 둘의 비정상적인 관계에 대해 '친화력'이라는 용어를 통해 면죄부를 주려고 노력했다.

 3단계는 제1부 17장에서 제2부 12장까지로, 에두아르트와의 이별에 해당하는 부분이다. 샤를로테의 임신 사실을 알게 된 에두아르트는 전쟁터로 향한다. 이로 인해 오틸리에에게는 성찰과 기다림의 시간이 시작된다.

 때마침 묘지와 예배당 작업이 시작된다. 그리고 오틸리에는 서툴렀던 기숙학교에서와는 다르게 예배당 그림 채색에 탁월한 재능을 보이며 고통을 내면화한다. 또한 크리스마스에 그림역할극 속 성모 역할을 맡아 더 높은 정신세계의 성스러운 영역에 접하며 점점 성화 속 인물과 동화되어 간다.

 오틸리에는 이처럼 별난 친화력 때문에 아이에게 끌리기도 했지만, 그보다 더 큰 이유는 자기가 사랑하는 남자의 아이(그 아이가 비록 다른 여자와의 사이에서 태어난 아이라 할지라도)를 포근한 애정으로 감싸 안게 되는 여성들의 아름다운 심성 때문이었다. 그리하여 오틸리에는 이 자라나는 피조물에게 어머니처럼 되고 있었다. 아니, 그냥 어머니라기보다는 또 다른 종류의 어머니처럼 되고 있었다는 것이 더 맞는 말일 것이다.

아이의 생모는 샤를로테이지만, 오틸리에는 양모로서 헌신한다. 이런 오틸리에의 모습은 처녀성과 모성을 동시에 지니고 있는 성모 마리아를 떠올리게 한다. 작품 속 서술자가 오틸리에를 성모와 동일시하는 것은 아니지만, 그녀에게 무한히 헌신하고 인내하는 여성의 이미지를 여러 차례 부여하며 성스러운 이미지를 형상화해 간다.

4단계는 제2부 13장부터 18장까지로, 오토의 익사 사고와 오틸리에의 죽음이 일어나는 부분이다. 익사 사고 장면에서 오틸리에는 죽은 오토를 하늘로 들어 올린다.

> 하늘을 바라본다. 배 안에서 무릎을 꿇은 채 그녀는 두 팔로 대리석처럼 하얗고 차가운 그녀의 순결한 가슴 위로 아기를 들어 올린다. 그녀는 젖은 눈으로 하늘을 보며 '제발 도와달라'고 하소연해 본다.

이러한 오틸리에의 행동은 성모 마리아가 십자가에서 내려진

예수 그리스도의 시신을 떠안고 비통에 잠긴 피에타 상의 모습을 떠올리게 한다. 그리고 오틸리에는 이것이 신의 계시라 생각하여 묵언과 단식에 들어간다. 이후 에두아르트가 건넨 편지를 읽은 뒤, 오틸리에는 두 손을 들어 올려 합장하고 고개를 약간 숙인 채 두 손을 다시 가슴으로 가져간다. 이러한 오틸리에의 동작은 그녀에게 종교적 성스러움을 부여해 준다. 이어 그녀는 미틀러의 십계명에 대한 경솔한 발언 때문에 쓰러지고, 결국 죽음을 맞는다.

　죽은 오틸리에는 마을 사람들에게 성녀(聖女)로 추앙받는다. 결국 오틸리에는 신격화되고, 오틸리에의 뒤를 따라 세상을 떠난 에두아르트와 평화로운 안식처에 나란히 묻힘으로써 비극적 종말과 동시에 영원한 사랑을 얻게 된다. 즉, 오틸리에는 기숙학교에서부터 단단히 영글었던 씨앗을 자신만의 속도와 방식으로 키워내 아름답게 열매 맺은 것이다.

근대화에 대한 경고

근대화는 대량생산과 표준화된 생활 방식으로 인해 개성 상실과 비인간화를 불러왔다. 이는 《친화력》 속 등장인물들의 호칭인 대위, 정원사, 건축사, 공작, 남작부인, 미틀러(중재자)를 통해서도 짐작할 수 있다. 심지어 에두아르트는 "한창때인 한 부유한 남작을 그렇게 부르기로 하자."라며 서술자가 명명한 가명인데, 이 이름이 본명을 대신한다. 이는 근대화 과정 속 빠른 사회적 변화로 인한 인간 소외와 획일화의 측면을 드러내는 의도로 볼 수 있다.

괴테는 1825년 프로이센 변호사 니콜로비우스에게 보내려던 편지의 추신에서 '악마적 성급함(veloziferisch)'이라는 신조어를 처음 사용한다. 이 단어는 라틴어 '빠른(velox)'과 독일어 '악마적인(luziferisch)'의 합성어로, 4년 뒤인 1829년에 발표한 소설《빌헬름 마이스터의 편력시대》에 공식적으로 등장하기도 한다. 괴테는 이 단어를 통해 자신의 말년에 경험한 근대 자본주의에 대한 비판적 시각을 드러낸 것이다.

이러한 그의 우려는《친화력》속 인물인 미틀러와 루치아네를 통해 잘 드러난다. 미틀러는 등장부터 그 속도와 조급함을 확인할 수 있다.

> 미틀러는 성에서 조금도 쉬지 않고, 즉각 말에 올라타서는 마을을 지나 교회 묘지의 정문까지 내달려 오다가 지금 멈춰 서서는 친구들을 향해 외쳐댔다.
> "자네들, 나를 놀리려는 것은 아니지? 정말로 무슨 일이 있다면 점심 때까지만 여기 머물겠네. 더는 붙잡지 마. 나는 오늘 할 일이 많아."

에두아르트와 샤를로테는 새로운 공원 부지에서 성쪽으로 가려던 참이었으나, 미틀러는 성안에서 기다리지 못하고 말을 타고 직접 달려온 것이다. 그는 식사 후에도 커피만 마시고 곧 가야 한다며 할 이야기를 재촉하다가 결국 커피를 기다리지 못하고 말에 올라타 떠날 정도로 성급함을 보인다. 이 외에도 그는 작품 속에서 매사에 서두르며 촉박하게 사건을 진행한다. 이러한 미틀러를 통해 우리는 오늘도 바쁘게 앞만 보고 살아가는 현대인의 모습을 엿볼 수 있다.

루치아네도 미틀러와 비슷하다. 그녀는 기숙학교에서 집에 도착하자마자 험악한 날씨도 개의치 않고 집과 주변을 둘러본다. 그러고는 곧바로 주변 이웃들을 방문한다. 이러한 무치아네의 성급함은 무분별한 욕망과 소비의 추구로 이어진다. 루치아네의 이기적인 성급함으로 가장 시달린 것은 하녀들이었다.

그녀가 그렇게 많은 짐을 가져온 것도 쓸모없지는 않았다. 사실 그녀가 도착한 뒤에도 많은 짐이 더 왔다. 그녀는 시시때때로 옷을 갈아입을 수 있도록 준비해 온 것이다. 하루에도 서너 번씩 옷을 갈아입었다. 아침부터 저녁까지 사교계의 복장으로 갈아입는 것을 좋아했지만, 간간이 농촌이나 어촌 여성, 요정이나 꽃 파는 소녀 모습으로 변장하고 나타나기도 했다.

더욱이 그녀는 잠시 머무는 동안 공연된 그림역할극에 의상을 제공하기 위해 가지고 있는 옷들을 거의 다 잘라내게 한다. 이러한 소비 행태와 파괴적인 모습은 미틀러보다 한발 더 나아간 것이다. 그뿐만 아니라 오틸리에에게는 냉혹한 태도를 유지한다.

모든 사람의 주목을 받고 칭찬을 듣는 이 사랑스러운 여인이 침착하고 부지런히 활동하는 것을 그녀는 경멸의 시선으로 내려다보았다. 오틸리에가 정원과 온실을 얼마나 열심히 돌보는지가 화제가 되었을 때, 루치아네는 지금이 엄동설한이라는 것은 생각하지도 않고, 어째서 아무 꽃도 안 보이고 과일도 안 보이는지 모르겠다는 태도로 그러한 칭찬을 비웃었다. 그뿐 아니라 그 뒤부터는 푸르고 가지 돋은 것이면 무엇이든, 심지어 싹이라도 나려는 것은 모두 다 가져오게 해서 매일매일 방과 식탁을 장식하는 데 허비해 버렸다.

오틸리에에 대한 질투에서 비롯한 오만함은 자연 생명의 파괴로 이어졌으며, 오틸리에와 정원사에게도 마음의 상처를 입힌다. 결국 제멋대로인 그녀에 대한 평판이 좋을 리 없었다. 그녀는 추종자들과 함께 다음 행선지로 향하면서도 변함없는 모습을 보인다. 루치아네는 자신이 늘 훌륭한 행동을 하고 있다고 확신했으나, 주변을 둘러보는 공감 능력이 턱없이 부족했던 것이다.

괴테가 살던 때는 산업혁명을 기점으로 근대화의 물결이 거셌다. 근대화가 물질적 풍요를 가져다주긴 했지만, 반면에 많은 문제점을 낳기도 했다. 성과와 능률만을 앞세운 조급함, 물질적 욕망 추구와 이로 인한 인간 소외, 무분별한 소비와 자연 파괴 등은 근대적 가치를 되돌아보게 하는 괴테의 경종일 것이다. 그리고 괴테는 작품 속에서 기숙학교의 조급함을 비판하는 한편, 자연과 함께하며 자신의 능력을 발휘하고 완벽한 존재로 거듭나는 오틸리에를 통해 총체적으로 파악하는 느림의 미학과 겸손하고 절제하고 사려 깊은 삶의 가치를 제시하고 있다.

파우스트

Faust, 1832

미리보기

하느님과 3명의 천사 앞에 메피스토펠레스(메피스토)라는 악마가 나타난다. 메피스토는 지상에는 자신의 마음에 드는 것이 없다고 불평을 늘어놓는다. 하느님은 그런 메피스토에게 파우스트라는 박사를 아냐고 물으며, 그는 자신의 믿음직한 종이라고 소개한다. 이때 메피스토는 허락만 해준다면 그를 타락시켜 보겠다고 제안한다. 하느님은 인간은 노력하는 한 방황하며, 어두운 충동에 사로잡힐지라도 선한 인간이라면 바른길을 잘 의식하고 있다고 말하며 이를 수락한다.

 파우스트는 집 서재에서 학문의 무력함에 대해 생각하며, 자신의 삶에 대해 푸념한다. 그에게는 뛰어난 제자인 바그너가 있었지만, 그 역시 아무런 위로가 되지 않았다. 결국 파우스트는 삶의 이유를 잃고 죽을 마음으로 새벽에 독배를 집어 든다. 이때 부활절

합창 소리가 들려왔고, 그 소리에 생명의 힘을 느끼면서 독배를 손에서 떨어뜨린다. 이후 파우스트는 계시를 얻기 위해《성경》을 독일어로 번역한다. 그런데 이때 메피스토가 검은 개의 모습을 한 채 파우스트에게 다가간다. 그리고 그와 계약을 체결하게 된다. 이 계약은 메피스토가 파우스트에게 살아 있는 동안 모든 욕망을 이루어주는 대신, 파우스트가 현 상태에 만족하여 "멈추어라. 너는 참 아름답구나!"라고 외치는 순간, 파우스트의 영혼을 메피스토에게 양도하는 것이었다.

  맨 처음으로 그들이 간 곳은 라이프치히의 젊은이들이 즐기는 술집이었다. 하지만 파우스트는 이미 쉰 살이 넘은 나이였으므로 쉽게 분위기에 동화되지 못했다. 그래서 메피스토는 파우스트에게 마녀가 만든 약을 먹여 그를 20대 청년으로 만들어준다. 그들은 길에서 그레트헨이라는 애칭으로 불리는 아름다운 여성 마르가레테를 만났는데, 파우스트는 그녀에게 한눈에 반한다. 파우스트는 그녀를 유혹하기 위해 메피스토의 도움을 받아 그녀의 옷장 안에 몰래 보석상자를 두고 온다. 그리고 이를 계기로 만남이 이루어져 둘은 사랑에 빠진다.

  그레트헨은 집에서 물레를 돌리며 늘 파우스트만 생각한다. 그녀는 파우스트를 만나기 위해 메피스토가 준 수면제를 음식에 넣어 어머니를 깊이 잠들게 하고는 파우스트를 불러들인다. 결국 그녀는 임신을 하고, 동생(그레트헨)에 대한 나쁜 소문이 돌자 군대에 있던 오빠가 달려와서 파우스트와 메피스토에게 칼을 들고 덤벼들었지만 파우스트에 의해 죽임을 당한다. 게다가 수면제를 먹은 그레트헨의 어머니도 결국 죽게 된다. 그레트헨은 이 엄청난 비극 앞에서 슬픔과 자괴감에 빠진 채 무너져 간다.

메피스토는 파우스트를 그레트헨에게서 떼어내기 위해 그를 마녀들의 축제인 '발푸르기스의 밤'에 데려간다. 그러나 파우스트는 메피스토가 의도한 대로 관능적 욕망에 사로잡히지 않았다. 파우스트는 깡마른 아이가 혼자 있는 것을 보고 그레트헨과 닮았다고 생각하며 그녀를 그리워한다. 그러다 파우스트는 그녀가 감옥에 갇힌 것을 알게 되었고, 결국 감옥으로 찾아가 그녀를 만난다. 파우스트를 간수로 착각한 그레트헨은 온전하지 못한 정신 상태를 보이는데, 파우스트가 큰 소리로 그레트헨의 이름을 부르자 그제야 정신을 차린다.

파우스트는 그레트헨을 잡아끌며 따라오라고 재촉하지만 그레트헨은 이를 거부한다. 그 대신 가장 좋은 곳에 어머니와 오빠와 아이를 묻어주고, 자신은 아기 옆에 묻어달라고 부탁한다. 이어 그녀는 기도를 드리며 탈출 대신 죽음을 선택한다. 메피스토는 그레트헨이 심판을 받았다고 선언했지만, 천상으로부터 그레트헨이 구원을 받았다는 목소리가 들려온다.

이후 메피스토는 파우스트를 황제가 다스리는 제국으로 데려간다. 이 제국은 매우 위태롭고 혼란스러운 상황이었다. 여기에서 메피스토는 황제에게, 지하에 막대한 재물이 묻혀 있으니 그것을 파내다면 거룩하게 됨은 물론 보물이 끝없이 나올 것이라 말한다. 황제는 메피스토의 말을 믿었고, 천문학자도 메피스토의 부추김에 넘어가 파티를 열어야 한다고 주장한다. 황제는 신이 나서 가장무도회를 열기로 한다. 메피스토는 혼란한 틈을 타서 지하 보물을 담보로 발행한 지폐에 황제가 서명하게 한다. 그로 인해 제국은 모든 부채를 청산했고, 많은 사람들이 활기를 되찾았다.

황제는 파우스트와 메피스토의 공적을 칭찬하는 한편, 미녀 헬레네와 미남 파리스를 보고 싶다며 그들을 볼 수 있게 해달라는 명령을 내린다. 그래서 파우스트는 메피스토의 도움으로 '어머니들의 나라'에 열쇠를 들고 내려가 향로를 가져오는 임무를 성공적으로 수행한다. 이어서 그는 향불의 연기를 통해 헬레네와 파리스의 환영을 황제 앞에 소환한다. 이어 파리스가 헬레네를 트로이로 데려가려는 순간, 파우스트는 헬레네의 아름다움에 빠져 그녀를 막아서며 붙잡았고 파리스의 몸에 열쇠를 댔다. 그러자 폭발음과 함께 환영들이 연기 속으로 사라지고, 어둠을 틈타 메피스토도 파우스트와 함께 사라진다.

메피스토는 기절한 파우스트를 데리고 처음에 만났던 그의 서재로 돌아온다. 그사이에 제자 바그너는 교수가 되어 있었고, 인조인간을 만드는 연구에 성공한다. 이 인조인간의 이름은 호문쿨루스였다. 아직 육체가 없어 병 속에서 빛으로 존재했지만, 총명해서 파우스트를 깨어나게 하려면 그리스로 가야 한다고 안내했다. 그래서 메피스토와 호문쿨루스는 파우스트를 외투에 싸서 테살리아의 파르살루스로 데려간다.

파르살루스 벌판에서는 고전적인 '발푸르기스의 밤'이 열리고 있었다. 메피스토가 파우스트를 내려놓자 그가 눈을 떴다. 그리고 그들은 본인들이 할 일을 하기 위해 각자 모험을 떠난다. 먼저 파우스트는 헬레네를 찾으러 다니다가 수소문 끝에 무녀(巫女) 만토에게 조언을 구하러 가게 된다. 만토는 명부(冥府)의 여왕 페르세포네에게 가서 부탁해 보라고 하며 파우스트와 함께 지하 세계로 내려간다. 그사이 메피스토는 추한 괴물 모습을 한 마녀 포르키아스에게 환심을 사서 그들의 모습으로 변신한다. 또한 호문쿨루스는 진정한 인간의 육체를 찾아다니다 바다의 신 프로테우스를 만나게 된다. 그리고 프로테우스는 돌고래로 변해 호문쿨루스를 태우고 떠난다. 이 과정에서 호문쿨루스는 가장 아름다운 육체를 가진 갈라테아를 발견하고 달려가지만, 결국 그녀를 싣고 오는 조개 수레에 부딪혀 플라스크 유리가 깨져 바닷물에 불꽃으로 흩어져 버리게 된다.

트로이가 멸망하자 헬레네는 전남편 메넬라오스가 다스리는 스파르타로 남편보다 먼저 돌아온다. 그리고 그곳에서 시녀 포르키아스로 변신한 메피스토를 만난다. 남편이 오기 전, 처분이 두려워진 헬레네는 메피스토의 제안으로 스파르타 북쪽으로 향한다. 그곳의 영주는 파우스트였고, 드디어 헬레네와 만나게 된 그는 그녀에게 공동 통치자가 되어달라고 요청한다. 그러자 그녀의 남편 메넬라오스가 군대를 이끌고 공격해 왔지만, 헬레네를 위해 헌신하기로 한 파우스트와 군사들이 승리한다. 이후 파우스트와 헬레네는 오이포리온이라는 아들을 낳고 행복한 삶을 보낸다. 하지만 오이포리온은 지나친 모험심과 넘치는 충동을 지녀 늘 전쟁을 갈망했다. 결국 오이포리온은 전쟁을 몸소 맞닥뜨리겠다며 두 팔을 펴고 공중으로 몸을 던진다. 그리고 부모의 발치에 떨어져 죽는다. 어느 날 슬픔에 잠긴 둘에게 혼자 두지 말라는 오이포리온의 목소리가 들려왔다. 이에 헬레네는 파우스트에게 이별을 고하고 다시 지하 세계로 돌아간다.

파우스트와 메피스토는 다시 현실로 돌아온다. 그리고 파우스트는 메피스토에게 바다를 쫓아내고 땅을 만들고 싶다는 소원을 말한다. 이때 제국에는 전쟁이 일어난 상태였고, 황제가 향락에 빠져서 나라는 무정부 상태와 같았다. 다행히 메피스토와 파우스트는 황제의 최후 결전을 승리로 이끌어 해안 지역을 하사받게 된다. 고령에 이른 파우스트는 하인들을 동원해 해안 지역을 넓혀나갔다. 이때 인근 언덕에 남편 팔레몬과 아내 바우키스가 보리수나무와 함께 살고 있었다. 파우스트는 그들에게 언덕 대신 새로 생겨난 땅에 멋진 농장을 만들어보라고 제안하지만 그들은 거절한다. 그러자 파우스트는 메피스토에게 언덕의 노부부를 물러나게 하고,

그 보리수나무 자리에 자신이 앉을 자리를 만들면 좋겠다고 말한다. 메피스토는 파우스트에게 노부부를 미리 봐둔 농장으로 이주시키겠다고 했지만, 결국 집에 불을 질러 살해한다.

불이 잦아들자 '결핍, 죄악, 근심, 고난'이라는 네 명의 잿빛 여인들이 파우스트에게 다가온다. 이 중 근심만 열쇠 구멍을 통과해 방으로 들어온다. 그리고 그녀는 파우스트에게 방문하게 된 당위성을 밝히며 불행을 예고한다. 그러나 파우스트는 그녀를 인정하고, 돌아가라며 소리친다. 이에 그녀는 결국 파우스트를 장님으로 만들어버린다. 눈이 보이지 않음에도 파우스트는 자신의 위대한 작업을 완성하고자 공사를 재촉한다. 그리고 그는 수백만이 활동하며 자유롭게 거주하게 될 마지막 공사가 자신의 최고 성취라고 밝히면서, 이제 "멈추어라. 너는 참 아름답구나!"라고 말해도 좋겠다며 죽음을 맞는다.

때를 맞춰 죽음의 영혼인 레무레스들이 나타나 파우스트를 바닥에 눕힌다. 그리고 메피스토가 파우스트의 영혼을 차지하려고 하자 천사의 무리가 나타난다. 영혼을 뺏기지 않으려는 메피스토에게 천사들은 장미꽃을 뿌리며 파우스트의 영혼을 안고 하늘로 올라간다. 이어 천상의 세계에서 축복받은 소년들은 파우스트의 영혼이 담긴 번데기의 솜털들을 떼어내 준다. 그러자 파우스트의 영혼이 빠르게 성장한다. 가장 높고 정결한 곳에서는 성모 박사가 영광의 성모를 찬양하고 있고, 성모가 참회하는 여인들을 거느리고 위로 올라가고 있었다. 이 중 참회하는 여인 셋은 영광의 성모에게 예전 그레트헨이라 불렸던 여인도 함께 받아달라고 간청한다. 이어 예전 그레트헨이라 불렸던 여인은 성모에게, 방금 도착해 성스러워진 파우스트의 영혼을 안내할 수 있게 해달라고 요청한다. 영광의 성모는 '그가 너를 느낀다면 곧 뒤따를 것'이라고 답한다. 그러자 성모 박사가 엎드려 기도했고, 신비한 합창 소리가 울려 퍼진다.

실존 인물 파우스트

《파우스트》의 주인공 파우스트는 15~16세기에 실존했던 인물이다. 그는 독일의 소도시 비템베르크에 체류하며 신학과 의학, 자연과학 등을 연구하여 상당한 지식이 있었다고 한다. 이후 크라카우로 이주하여 신비학자들과 교류했고, 신과 세계의 본질, 점성술을 연구하여 예언자로 활동하기도 했다. 그는 금을 제조하는 연금술에 뛰어났고, 죽은 사람을 소환하거나 소통하여 예언도 할 수 있다고 했지만, 당시 학자들로부터 주술을 외우고 다니는 사기꾼이나 허풍쟁이 취급을 받기도 했다. 이렇듯 파우스트는 문학적 소재로 매우 적합한 인물의 모습을 보인다.

　흥미로운 그의 삶에 대한 전설은 여러 민담으로 전해지다가, 프랑크푸르트의 서점상이었던 요한 스피스에 의해 최초로《요한 파우스트 박사 이야기》라는 책으로 발간되었다. 스피스의 이야기 속에서 파우스트는 악마에게 죽임을 당하는 비극적 인물로 그려지며, 이는 인형극으로도 만들어진다. 괴테 역시 유년 시절 할머니에게 선물 받은 인형극 상자를 통해 다양한 인형극을 접했다고 전해지는데, 그렇다 보니 호기심과 상상력의 대상인 파우스트에게 친숙함을 느꼈을 것이다.

이후 파우스트는 영국의 극작가 말로가 연극화한《파우스트 박사의 비극적 이야기》에 등장하는데, 여기에서 파우스트는 후회나 참회를 거절하고 지상의 향락과 권력을 누린 뒤 악마에게 납치당한다. 이 외에도 17세기 파우스트는 여러 작가에 의해 오페라, 연극, 인형극으로 재창작되어 공연되었으며, 대체로 세속적 욕망과 내면적 지식욕을 성취하기 위해 악마와 결탁한다는 공통점을 보인다.

이후 18세기에는 계몽주의와 함께 파우스트에게 변화가 생긴다. 18세기 후반 계몽주의 작가 레싱이 남긴《파우스트 단편》에서 파우스트는 진리를 탐구하려는 순진성이 부각된다. 계몽주의에 걸맞게 인간의 깨달음과 지적 능력을 존중한 것이다. 레싱에 이르러 최초로 악마로부터 구원을 받는 모티프가 등장했으나, 이 작품은 완성에 이르지는 못했다. 이것이 괴테의《파우스트》로 계승되어 고민하는 인간 '햄릿'과 저돌적으로 행동하는 인간 '돈키호테'에 버금가는 노력하는 인간 '파우스트'가 완성된 것이다.

문학적 다양성

다음은 괴테가 1832년 2월 17일에 에커만과 나누었던 대화의 일부이다.

"사실 나는 사는 동안 여러 가지 일을 했고, 어쨌든 보람을 느낄 만한 일을 이루기도 했지. 그러나 솔직히 말하면 본래 나의 것이었다고 말할 수 있는 게 어디 있겠나? 보고 듣고 분간하고 선택하고, 본 것과 들은 것에다가 약간의 생기를 불어넣고 어느 정도 숙달된 솜씨로 재현해 내는 능력을 제외한다면 말이야. 나의 작품들은 결코 나 자신의 지혜에 의해서만 생겨난 것이 아니라 나의 외부에 있으면서 작품의 재료로 주어졌던 수천의 사물과 인물에 힘입는 것이네. (중략) 나는 다른 사람들이 나를 위해 씨를 뿌린 것을 손으로 움켜쥐거나 수확하는 일 정도만 했던 것이네."

여기서 그는 본인의 작품들이 주변의 다양한 체험과 작품, 이론 등을 자신만의 정신세계에 반영하여 재창조해 낸 것이라 밝히고 있다. 이에 따르면, 괴테가 20대에 집필을 시작해 무려 60년 동안 쓴 《파우스트》에는 인류 전체의 인간상은 물론 가장 많은 문학적 다양성이 함의되어 있을 것이다.

먼저, 형식적인 측면에서는 고대 그리스에서부터 19세기 유럽 문학에 등장하는 운문 형식을 사용하여 희곡으로 만들어냈다. 내용적인 측면에서는 더 다양한 활용이 나타난다. 특히 〈천상의 서곡〉에는 구약성서 〈욥기〉의 모티프가 잘 나타나 있다. 〈천상의 서곡〉에서 하느님이 메피스토에게 파우스트를 신실한 종이라고 소개하듯, 〈욥기〉에도 하느님이 사탄에게 "너는 내 종 욥을 눈여겨보았느냐? 욥만큼 온전하고 진실하며 하느님을 두려워하고 악한 일은 거들떠보지도 않는 사람은 땅 위에 다시없다."라고 하며 신뢰를 보여준다. 그리고 두 이야기 모두 각각 파우스트와 욥을 두고 신과 악마의 내기가 전개된다. 그 과정에서 욥은 자식과 재산, 건강 등을 잃고 극심한 고통을 겪으면서도 신앙을 지키려 노력한다. 하지만 파우스트는 악마와 계약을 맺고 사랑과 권력, 재산 등 다양한 경험과 유혹에 빠지게 된다. 그러나 둘 다 신에게 구원받고 이야기가 마무리된다. 즉, 〈욥기〉는 신에 대한 신뢰와 겸손을 강조한 신본주의를 드러낸 반면, 《파우스트》는 인간의 끊임없는 노력과 가치 추구를 바탕으로 한 인본주의 가치관을 드러내는 이야기라 할 수 있다.

또한 《파우스트》 '비극 제2부'에는 제자 바그너가 만든 인조인간 호문쿨루스가 등장한다. 그는 유리관 속에 갇힌 불꽃 형태로 존재하며, 아직 육체를 얻지 못한 순수하고 총명한 정신적 존재이다.

"그러시겠지요. 당신은 북방에서 태어나 안개 같은 시대에 젊은 시절을 보냈지요. 그 기사들과 성직자들의 혼잡한 세상, 그런 곳 그 어디에서 당신 눈이 뜨였겠어요! 음침한 곳만이 당신의 집이지요. 갈색으로 변한 돌, 곰팡이 슬고 꺼림칙하고 뾰족뾰족한 아치 같고, 꼬불꼬불 당초 문양을 하고, 낮은! 이분이 깨어나면 새로운 어려움이 닥쳐요. 그 자리에서 금방 죽을 거예요. 숲속 샘물들, 백조들, 벌거벗은 미인들, 그런 게 그의 예감에 찬 꿈이었어요. 그런 그가 어떻게 여기에 적응하겠어요! 어디든 편안한 저도 견디기 어려운데. 이제 그와 함께 떠납시다!"

'당신'은 메피스토를 가리키는데, '성직자들의 혼잡한 세상', '음침한 곳' 등을 통해 호문쿨루스가 메피스토의 정체를 파악하고 있음을 알 수 있다. 그리고 '이분'으로 나타나는 파우스트의 꿈속에서 '숲속 샘물들, 백조들, 벌거벗은 미인들'을 읽어내는데, 이는 백조로 변신한 제우스가 레다를 찾아가 헬레네를 잉태시키는 그리스 신화를 연상시킨다. 호문쿨루스가 현재 파우스트의 문제가 헬레네에서 기인함을 파악했다고 볼 수 있다. 또한 파우스트를 위해 그리스를 향해 떠나야 한다고 해결책까지도 제시한다. 그뿐만 아니라 헬레네를 찾으러 가기 전, 홀로 남게 될 바그너에게 연구 방법을 구체적으로 조언하기도 한다.

"아빠는 집에 남아서 아주 중요한 일을 해야 합니다. 낡은 양피지를 펼치고, 처방에 따라 생명의 원소들을 모아서 조심스럽게 그것들을 배합하세요. 무엇을 만들까도 생각해야 하지만, 어떻게 만들까를 더 많이 생각해 보세요."

이처럼 호문쿨루스는 실제 인간을 뛰어넘는 지적 수준을 보여 준다. 메피스토도 "결국 우리는 우리 손으로 만든 피조물에 의존하게 된답니다."라고 관객들에게 말하는데, 이는 미래 세대가 과학기술에 의존하게 될 것임을 예언하는 내용이다. 이어 호문쿨루스는 완전한 존재가 되기 위해 철학자들을 찾아다니며, "나는 여기저기 떠다니고 있어요. 그리고 최상의 의미에서 생성되고 싶어요. 내 유리병을 깨버리고 싶어 미칠 지경입니다."라고 밝혀 완전한 존재라고 하기에는 다소 거칠고 조급한 모습을 노출하고, 결국 갈라테아에 대한 사랑에 사로잡혀 그녀를 쫓아가다 산화하고 만다.

괴테는 호문쿨루스를 산업혁명 이후에 급속하게 발전한 과학에 관한 관심의 표명이자, 불안전한 존재인 인간이 완전한 존재로 거듭나기 위한 노력이며, 자아실현을 위한 욕구를 드러내기 위한 의도로 형상화했을 것이다. 또한 그의 죽음을 통해 기술의 한계 및 자연과의 조화를 암시한다. 그런데 당시 연금술에 기원한 창조물인 호문쿨루스가 약 200년이 지난 현시점에는 인공지능 AI와 인간 배아 복제로 이어지고 있는 것을 떠올려 보면, 시대를 내다보는 괴테의 통찰력이 놀라울 따름이다.

그 밖에도 《파우스트》에는 그리스·로마 신화는 물론, 여러 시대의 흐름과 다양한 작가들이 사용한 문학적 상징, 알레고리, 비유, 관용구 등도 활용되고 있다. 그렇기에 그에 따른 배경지식이나 추가 독서 활동이 요구되기도 한다. 따라서 평생 쉬지 않고 글을 써 온 '성실한 천재' 괴테를 단번에 이해하려고 욕심을 내기보다는 《파우스트》 곳곳에 숨겨둔 다양하고 방대한 파편들을 하나씩 발견해 가는 재미를 느낄 수 있었으면 좋겠다.

그리스에 대한 동경

괴테는 어린 시절부터 수준 높은 교육을 받았고, 그리스 문학 작품도 폭넓게 접했다. 이후 그는 이탈리아 여행을 다녀와서 고대 그리스와 로마 예술을 모범으로 하는 '고전주의' 미학을 발전시켜 결국 '바이마르 고전주의'를 꽃피운다. 그래서인지 괴테는 "우리는 언제나 고대 그리스인에게로 돌아가야 한다."라고 말했으며, 모든 미와 문학이 고대 그리스 문화를 이상적 모델로 삼아 시작되어야 한다고 생각했다. 그렇기에 《파우스트》에서도 고전적 원형인 그리스의 모습을 쉽게 찾아볼 수 있다.

먼저 '비극 제1부'의 〈그레트헨의 비극〉에 잠시 등장하는 막간극 속 '북방의 예술가'는 남쪽, 즉 그리스·로마의 예술을 배워야만 진정한 예술가로 거듭날 것이라고 다짐한다. 그리고 '비극 제2부'에서는 파우스트가 직접 그리스 신화 속으로 들어간다. 1막에서 그리스의 최고 미녀 헬레네의 환영을 보게 된 파우스트는 그녀를 소유하고자 2막에서 헬레네를 저승에서 데려오고, 결국 3막에서 파우스트는 중세 영주로 등장하여 헬레네와 결혼한다. 그리고 오이포리온이라는 아들까지 낳지만 사고로 죽게 되자 헬레네도 저승으로 돌아가 버리는 일명 '헬레네의 비극'을 비중 있게 담고 있다.

또한 《파우스트》에서는 일관되게 그리스 땅은 청명하고 높은 문명의 나라로, 독일로 추정되는 북쪽은 메피스토가 옹호하는 땅으로 그려진다. 호문쿨루스와 메피스토가 파우스트를 깨우기 위해 그리스로 향하는 에피소드에 이런 대사가 나온다.

"사탄이여, 그대의 놀이터는 북서쪽에 있지요. 하지만 우리는 이번에 동남쪽으로 항해해 간답니다."

메피스토가 북쪽과 긴밀하게 이어져 있음을 알 수 있다. 이후 호문쿨루스에게 메피스토가 이렇게 답하기도 한다.

"그리스 사람들은 정말 쓸모없는 민족이야! 그런데도 이자들은 자유로운 관능의 유희로 너희를 현혹하고, 그대들의 마음을 밝고 쾌활한 죄악으로 유혹하지. 그에 반해 우리의 죄악은 늘 음울한 것으로 생각되고."

즉, 그리스는 자유롭고 밝고 쾌활한 곳이지만, 북쪽은 음울한 곳으로 유추할 수 있다. 음울한 흐림의 대표적인 예로 안개를 생각해 볼 수 있다. 북쪽의 특징인 안개는 차단, 근심과 걱정, 혼탁한 상태를 상징한다. 그래서 이러한 기후나 날씨도 남쪽(그리스)을 더욱 돋보이게 하는 장치로 활용된다. '비극 제2부'에는 그리스를 대표하는 미남과 미녀인 파리스와 헬레네가 등장하는데, 이 역시도 안개가 걷히며 나타난다. 또한 오이포리온이 등장하기 이전에 포르키아스로 변신한 메피스토에게 합창대가 이런 말을 한다.

"크레타에서 오신 분, 그것을 기적이라 부르나요? 시구에 담긴 교훈적인 말에 한 번도 귀 기울여 본 적 없나요? 이오니아 전설, 그리고 또 헬라스의 신화들, 신들과 영웅들로 가득한 이야기를 한 번도 들어보지 못했나요?"

메피스토로 상징되는 북쪽에 비해 그리스에는 전설과 신화 등 다양한 문화와 예술이 일상의 삶을 에워싸고 있다는 상대적 우위를 밝히고 있다. 알렉산더 대왕의 동방 원정 이후 그리스 문화와 동방 문화의 결합으로 헬레니즘 문화가 탄생한다. 이처럼《파우스트》는 인간 중심의 세계관을 기반으로 독일의 전설에서 탄생한 파우스트 박사와 그리스 고전이 합쳐진 새로운 헬레니즘의 출현을 보여준다. 즉, 괴테는 북쪽을 상징하는 파우스트와 남쪽을 대표하는 헬레네와의 만남을 통해 고대 그리스 문화의 보편적 가치를 현대적으로 재해석한 것이다. 더불어 둘 사이에서 얻은 자식인 오이포리온의 죽음은 프랑스혁명과 산업혁명 속에서 르네상스의 위상이 추락하고 개발과 발전이라는 새로운 시대가 시작됨을 상징한다고 할 수 있다.

그레트헨 비극 속 마녀사냥

'비극 제1부'의 〈그레트헨의 비극〉 속 '발푸르기스의 밤' 장면은 셰익스피어의 《햄릿》의 오필리어의 노래와 유사한 전개를 보인다. 오필리어는 햄릿에게 거절당한 후 광기를 부리며 노래를 부르다 결국 물에 빠져 죽는다. 《파우스트》의 '발푸르기스의 밤' 장면은 메피스토가 그레트헨에게 향하는 파우스트의 마음을 돌리고자 한 것으로, 파우스트가 그레트헨의 오빠를 죽이고 도망가 경험하는 관능의 밤이다. 그곳은 마녀들이 모여 즐기는 광란의 축제장으로, 이는 비극적 사랑, 광기, 그리고 죽음이라는 오필리어의 노래와 유사한 모티프를 보여주며 그레트헨의 비극적 운명을 암시한다. 결국 신앙심 깊던 그레트헨은 파우스트를 만나면서 어머니를 수면제로 죽이고, 급기야 영아 살해범이 되어 처형당한다.

    1772년, 변호사였던 괴테는 영아 살해범이라는 죄목으로 처형

당했던 마르가레테 브란트라는 여성의 재판에 관심을 보였다. 그녀는 여관의 하녀로 일했는데, 숙박하던 한 남성의 아이를 임신하게 된다. 당시 혼전 임신은 금기였기에, 그녀는 허름한 곳에서 아이를 낳아 죽인 뒤 도망치다 잡혀 결국 사형을 당한다. 본래 그레트헨의 본명이 마르가레테이고, 혼전 임신과 영아 살인을 감안할 때, 그레트헨은 브란트라는 실존 인물을 모델로 하고 있음을 알 수 있다.

중세부터 18세기까지 유럽에서는 마녀사냥이 자행되었다. 그녀들은 실제 마녀라기보다는 극심한 고문으로 인해 영아 살해와 같은 거짓 자백을 할 수밖에 없었고, 그로 인해 결국 화형을 당하게 된다. 괴테는 그레트헨의 비극을 통해 이러한 마녀사냥의 잔혹성을 폭로하고 있다. 동시에 종교재판과 마녀사냥을 촉발한 기독교와 남성 중심의 사회구조에 대한 비판도 서슴지 않는다. 그렇다면 영아 살해범으로 마녀사냥을 당한 그레트헨에 대해서도 다시 생각해 볼 수 있지 않을까?

'발푸르기스의 밤'에서 파우스트는 메피스토의 의도와 달리 결국 그레트헨을 떠올리고 그녀를 구출하기 위해 감옥으로 찾아간다. 이때 온전하지 못한 상태의 그레트헨이 파우스트를 간수로 착각하고 "우선 아기 젖 좀 먹이게 해주세요. 간밤 내내 품에 안고 있었는데 사람들이 내게서 아기를 빼앗아 갔어요. 내게 굴욕을 주려고요. 그러더니 이젠 내가 애를 죽였다네요."라고 하소연한다. 이

말은 파우스트가 '발푸르기스의 밤'에 머물고 있어서 보지 못한 진실이다. 파우스트가 그레트헨에게 탈출을 권하자 그녀는 꿈과 현실을 혼동하며 "우리 엄마를 내가 죽였어요. 내가 아기를 물에 빠뜨려 죽였고요."라고 내뱉는다. 이 말은 사실이라기보다 종교재판과 마녀사냥으로 인한 강요된 자백, 스스로를 세뇌한 낙인으로 해석될 수도 있다.

낙관주의자 vs 비관주의자

작품 속 파우스트는 모든 학문에 무력감을 느낀다. 이로 인해 그에게는 절대적인 종교 진리 역시 파괴되어, 기존의 의식과 욕망을 제어하는 장치가 사라진 상태이다. 그러므로 오직 자신의 자유로운 의지가 중요하며, 철저하게 스스로가 주인이 된 인간중심주의의 전형성을 보인다. 그렇기에 그는 어떠한 한계를 인정하지 않는다. 그리고 그는 멈출 수 없는 지적 욕망, 자신의 본질이나 정체성의 고민, 본능적 욕망 등을 통해 자아를 확충하려는 근대적인 속성을 드러낸다. 즉, 파우스트는 모든 것을 이루어낼 수 있는 신처럼 전지전능한 존재를 꿈꾸는 것이다. 그러나 인간이라는 존재론적 한계 때문에 그가 생각하는 궁극적 목표는 결코 도달할 수 없다. 따라서 파우스트는 신이 메피스토와의 내기에서 말한 것처럼 '인간은 노력(지향)하는 한 방황한다.'에 가장 부합하는 인물이다.
　파우스트는 성취에 대한 만족보다는 높은 곳을 향한 열망을 지닌 존재이기에 당연히 메피스토가 제안한 내기를 수락할 수밖에 없었다. 이는 괴테가 인간의 삶은 완성이 아닌 과정임을 강조하고, 목표와 가치를 지속적으로 추구하고 이루려는 자체가 인간 존재의 본질임을 시사하는 것이다. 그러므로 파우스트는 항시 높은 곳을 향하고, 미래에 대한 희망 속에서 살아가는 전략적 낙관주의자로 볼 수 있다.
　반면, 메피스토는 모든 것에 회의와 불신뿐이다. 그는 일반적인 악마처럼 악한 쪽으로만 상대를 유혹하지 않는다. 그는 계몽주의의 비판적 사고를 본성으로 하여 합리적인 충고를 한다. 그리고 이는 파우스트의 성취동기를 끌어 올리고, 위선적인 꾸밈이나 이데올로기적 허구를 폭로한다. 즉, 메피스토는 초월적이고 정신적이고 형이상학적인 모든 것을 부정하는 것이다. 그리고 그는 물질과 현상에 관한 현실적 세계인 형이하학적인 것을 추구할 뿐이다. 그래서 메피스토에게 도덕이나 양심은 중요하지 않다. 〈그레트헨의 비극〉에서 파우스트가 그레트헨에게 다가갈 때 정신적이고 순수한 사랑을 추구한 것에 반해, 메피스토에게 사랑은 단지 관능적 욕망에 불과하다. 그레트헨을 빠르게 유혹하기 위해 보물을 쥐여준 것처럼, 그저 효율성과 유용성의 원칙을 따를 뿐이다. 또한 그 끝이 현실 속 물질이든 행동의 성취든 언젠가는 모두 사라질 것이기에 모든 존재는 의미를 지닐 수 없다. 그러므로 메피스토는 미래에 대한 절망과 허무뿐인 염세적 비관주의자로 생각할 수 있다.

괴테는 이 둘의 대결에서 천사들을 통해 파우스트를 구원하며 "누구든 노력(지향)하는 자는 우리가 구원할 수 있노라."라는 말을 남기면서 낙관주의자 파우스트의 손을 들어주고 있다. 그렇지만 늘 우리는 하루에도 몇 번씩 선과 악, 긍정과 부정을 오간다. 그렇기에 누가 옳고 그른가를 떠나 파우스트와 메피스토는 각각 우리 마음속에 자리 잡은 자아의 한 모습이자 내적 갈등을 나타낸다고 할 수 있겠다.

파우스트의 유토피아

파우스트는 메피스토와 계약을 하고 "멈추어라. 너 참 아름답구나!"라고 할 수 있는 이상향을 찾아 떠난다. 그리고 〈그레트헨의 비극〉으로 들어가게 된다. 현실에 안주하지 않고 늘 목표를 향해 나아가는 파우스트에게, 지고지순한 그레트헨은 거친 사막 속 오아시스 같은 존재였을 것이다. 그래서 파우스트는 반대에 이끌리듯 순박한 그레트헨과 사랑을 나누게 된다. 그러나 이는 그저 잠시일 뿐, 그녀는 파우스트의 역동적 본성을 수용하기 어려웠다.

그레트헨은 넉넉하지 않지만 평화롭고 잘 정돈된 가정환경에서 엄격한 질서를 지키며 성장했다. 그리고 이는 가부장적 가치관을 떠올리게 한다. 가부장적 가치관에서 어른들의 권위는 절대적이다. 그래서 그레트헨이나 그녀의 어머니도 목사라는 권위자의 말에 무조건 수긍하는 자세를 보인다. 이들의 무비판적 수용 때문에 해당 사회는 갈등이 없고 안정된 평화로움이 유지되는 것이다. 하지만 결국 이러한 정적인 사회는 끊임없이 노력하는 파우스트에게 영원한 안식처가 될 수 없었다.

  그래서 파우스트는 '비극 제2부'의 〈헬레네의 비극〉에서 헬레네를 찾게 된다. 헬레네는 절대적 아름다움의 상징이다. 그렇기에 헬레네와 사랑을 나누는 것은 그 자체가 목적이자 절대적인 것이 된다. 그래서 3막에서도 그들의 결합에 대해 "고요한 나무 그늘 아래에서는 따뜻한 젖이 샘솟아 아이와 양들이 충분히 먹을 수 있고, 들판에는 무르익은 열매들이 가까이 있네. 움푹 파인 나무줄기에서는 꿀이 뚝뚝 떨어진다."라고 표현하여 구약성서에 나오는 '젖과 꿀이 흐르는 약속의 땅'을 암시한다. 이 외에도 이 둘의 결합은 충만하고도 아름다운 묘사들을 통해 초현실적인 이상향을 향해 가는 여정으로 그려져 있다. 하지만 순수예술의 영역은 현실과는 동떨어져 있다. 그렇기에 신화 속 인물이자 이 둘의 아들인 오이포리온이 하늘을 날고자 현실에 뛰어드는 순간 죽게 되고, 파우스트와 헬레네의 절대적 이상향 역시 마감되는 것이다. 이곳은 처음부터 자유인이었던 파우스트가 머물기 어려웠던 곳이다. 그는 언제나 충만한 삶을 누리고 싶어 하기 때문이다.

마지막으로 파우스트는 '비극 제2부'의 〈통치자의 비극〉에서 이상향을 건설하고자 한다. 이전에는 세상을 관찰하거나 경험하는 데 그쳤다면, 이제 그는 세상과 인류에게 도움을 주려고 마음먹은 것이다. 그래서 그는 반란군을 진압하고 나서 받은 땅에 대규모 간척사업을 벌이며 다음과 같은 혼잣말을 한다.

"들은 푸르고 비옥하니 사람들과 가축들이 새 땅 위에서 안락해질 것이며, 대담하고 근면한 사람들이 쌓아 올린 언덕에 의지하여 평등하게 정주하리라. 거세게 뚫고 들어오려는 파도가 제방을 갉아먹으면 갈라진 틈을 메우려 모두가 서둘러 달려 나올 것이다. 그렇다! 이 뜻을 위해 나는 모든 것을 바치겠다. 이것이 지혜의 마지막 결론이다."

바다를 메꿔 공동체 모두를 위한 낙원의 땅을 건설하기로 결론을 내린 것이다. 또한 그는 이곳에 거주할 사람들에 대해서도 생각한다.

"자유도 생명도 날마다 싸워 얻어내는 자만이 그것을 누릴 자격이 있다. 위험에 둘러싸여 있음에도 여기서는 아이, 어른, 노인 모두가 값진 나날을 보낼 것이다. 이러한 사람들을 지켜보며, 나는 자유로운 땅에서 자유로운 사람들과 함께 있고 싶구나."

이곳은 모두가 함께 일하고 누리며, 구성원들 누구도 소외되지 않고 살아가는 자유와 평등의 공간이다. 무엇보다 이곳은 모든 것이 갖추어진 완벽한 곳이 아니라, 위험에 둘러싸여 있기에 구성원들끼리 계속 협력하며 완전하게 만들어가야 한다. 결과가 아닌 과정의 공간이기에 더더욱 파우스트에게는 안성맞춤일 것이다. 그래서 그는 메피스토와 계약한 것처럼 "멈추어라. 너 참 아름답구나!"를 외치며 최고이자 최후의 순간을 맞이한다.

하지만 괴테는 여기서 그치지 않는다. 그는 파우스트가 조급하게 낭만적 이념을 실현하는 과정에서 희생당한 노부부의 죽음도 함께 제시한다. 이는 당시 원주민을 쫓아냈던 제국주의와 겹쳐 보이는 동시에 근대화의 부정적 측면을 나타내기도 한다. 아무리 이상적인 것을 실현한다 해도 그 과정에는 희생이 따를 수 있으며, 비판적 사고가 없는 맹목적인 추구는 경계해야 한다는 괴테의 생각이 반영되어 있기도 하다. 즉, 인간은 도구가 아닌 목적 그 자체여야 하며, 인간 위에 군림하는 착취나 탄압이 있어서는 안 된다는 것이다. 여기에는 프랑스 시민혁명 당시에 이념을 실현하기 위해 자행되었던 살인이 정당화될 수 있느냐는 괴테의 고뇌가 반영되었으리라 짐작된다.

그러나 정작 작품 속 파우스트는 그 어떤 참회나 사과의 모습도 보이지 않는다. 그래서 사회적으로 파우스트의 구원에 대해 많은 논란이 있었다. 다만 5막에서 파우스트가 근심의 여인에게 하는 말을 보면, 매 순간 열심히 살아온 삶에 대한 열망을 엿볼 수 있다.

"나는 다만 세상을 달려왔을 뿐이다. 온갖 욕망의 머리채를 붙잡았으며, 흡족하지 않은 것은 놓아버렸고, 내게서 벗어나는 것 또한 가게 두었다. 나는 오로지 갈망했고 오로지 성취했으며, 그러고는 다시금 소망했었다. 그렇게 나는 무섭게 나의 삶을 돌파해 왔다."

그랬기에 마지막 순간까지도 지향을 가지고 노력했던 파우스트의 구원은 우리에게 열심히 사는 것의 가치와 그에 따른 문제점을 돌아보게 한다. 과연 열심히 사는 것은 잘 사는 것일까? 어떻게 사는 것이 잘 사는 것일까? 어쩌면 이것이 죽기 전까지 펜을 놓지 않았던 괴테가 《파우스트》를 통해 우리에게 건네고 싶었던 일생의 질문일지도 모른다.

괴테의 시

들장미
Heidenröslein, 1771

마왕
Erlkönig, 1782

1. 들장미

작품 읽기

소년이 보았네 작은 장미
들에 핀 장미
갓 피어나 아침처럼 고왔네
얼른 달려갔네 가까이서 보려고
큰 기쁨으로 바라보았네
장미 장미 장미 붉어라
들에 핀 장미

소년이 말했네 널 꺾을 테야
들에 핀 장미
장미가 말했네 널 찌를 테야
네가 영원히 나를 생각하도록
그리고 참고만 있지는 않겠어
장미 장미 장미 붉어라

들에 핀 장미

거친 소년이 꺾었네

그 들에 핀 장미

장미는 저항하며 찔렀네

비명도 신음도 소용없었네

참을 수밖에 없었네

장미 장미 장미 붉어라

들에 핀 장미

상호텍스트성 탐구 — 헤르더의 〈꽃〉

〈들장미〉는 괴테의 시들 가운데 가장 잘 알려진 작품이다. 이 시는 1771년에 스트라스부르에서 쓰인 것으로 추정되나, 1789년에야 《괴테의 작품집 8(Goethe's Schriften 8)》에 실려 발표된다. 이 시는 슈베르트를 포함한 여러 작곡가가 곡을 붙여 작곡했는데, 이는 당시 독일 정원의 장미꽃 문화와 밀접한 관련이 있다. 여러 곡 중에서 슈베르트와 베르너의 작품이 우리에게 널리 알려져 있다. 가곡의 왕이라고 불리는 슈베르트의 〈들장미〉는 그의 명성에 걸맞게 아름다운 멜로디로 활기찬 느낌을 준다. 반면에 베르너의 〈들장미〉는 상대적으로 부드럽고 우아한 편이다.

괴테의 〈들장미〉는 16세기 민요인 〈그녀는 한 줄기 장미꽃과 같네〉와 헤르더의 〈꽃〉에서 영감을 받았다. 헤르더의 〈꽃〉은 괴테의 〈들장미〉와 민요의 중간적 역할을 하는 작품으로, 주요 인물, 소재, 사건이 '소년이 꽃을 꺾는 것'으로 동일하다. 다만 〈꽃〉에서 〈들장미〉로 이어지면서 내용이 더욱 간결해진다. 〈꽃〉은 7행씩 4연, 〈들장미〉는 7행씩 3연으로 구성되어 있다. 헤르더의 〈꽃〉을 1연부터 자세히 살펴보자.

한 소년이 보았네 꽃봉오리 하나를
그가 가장 사랑하는 나무에 피어 있는
그 꽃봉오리는 너무나 싱싱하고 아름다웠네
소년은 잘 보려고 멈춰 섰네
그리고 달콤한 꿈속에 빠져 있었네
꽃봉오리 꽃봉오리 신선하고 아름다운
나무 위의 꽃봉오리

'꽃봉오리'는 아름다운 여성을 은유적으로 나타내는 표현이다. 이는 〈들장미〉에서 '장미'로 이어진다. 또한 꽃에 대한 묘사를 '너무나 싱싱하고 아름다웠네'라고 표현했는데, 〈들장미〉의 '갓 피어나 아침처럼 고왔네'와 상응한다. 그리고 〈꽃〉의 '소년'은 꽃을 보기 위해 멈춰 서서 '꿈속에 빠져' 보고 있는 정적인 인물이라면, 〈들장미〉의 '소년'은 가까이에서 보기 위해 얼른 달려가 바라보는 동적인 인물이다. 이 외에도 〈꽃〉에는 〈들장미〉처럼 '장미 장미 장미 붉어라 / 들에 핀 장미'와 같은 후렴구가 존재하지 않는다.

> 소년이 말했네 나는 너를 꺾을 거야
> 달콤한 향기를 지닌 꽃봉오리야
> 꽃봉오리가 애원했네 나를 살려주세요
> 그렇지 않으면 곧 시들어버릴 테고
> 당신에게 결코 열매를 주지 못할 거예요
> 소년아 소년아 그대로 놔두렴
> 달콤한 향기의 꽃봉오리를

2연은 꽃과 대화하고 있는 구성으로 〈들장미〉와 매우 유사하다. 다만 〈꽃〉에서 '꽃봉오리'는 〈들장미〉의 '장미'에는 없는 '달콤한 향기'라는 후각적 이미지를 담고 있다. 또한 자기를 꺾으면 〈들장미〉의 '장미'처럼 '찌르겠다'고 위협하는 것이 아니라, 열매를 얻지 못할 것이라며 살려달라고 애원한다. 대신 〈꽃〉에는 시적 화자가 등장하여 '소년'에게 그대로 놔두라고 만류하는 내용이 더해진다.

> 하지만 거친 소년은 꺾어버렸네

나무에서 꽃을
작은 꽃은 곧 시들어 죽었네
그리고 모든 열매가 사라졌네
그 나무 위에서
슬프게 슬프게 그는 찾아보았네
그리고 나무 위에서 아무것도 찾지 못했네

3연의 시작 역시 〈들장미〉와 비슷하다. 그리고 '거친' 소년으로 이미지 변화를 시도한다. 하지만 그 결과, 예고한 대로 열매는 사라지고 만다.

꺾지 마라 오 소년이여 너무 일찍 꺾지 마라
달콤한 꽃의 희망을
곧, 아 곧 그것은 시들어버리고 말 테니
그러면 너는 어디에서도 결코 보지 못하리라
너의 꽃에서 열린 열매를
슬프게 슬프게 네가 그것을 찾아봐도
너무 늦으리라 꽃도 열매도

결국 마지막 연에는 다시 앞서 등장한 시적 화자가 나타나 '꽃의 희망'을 꺾어버린 소년에게 성급함 때문에 후회할 것이라고 언급한다. 그리고 어디에서도 볼 수 없을 것이라는 일종의 훈계로 마무리된다. 무엇이든 때를 기다려야 하고 자연을 존중해야 함을 강조하는 것이다. 헤르더는 이 시를 아이들을 위한 동요로 생각해서인지 도덕적 교훈 및 인간 행동의 원칙을 강조하는 특징을 보인다.

자세히 읽기

괴테는 문학의 기본 양식인 서사, 서정, 극의 특징이 집약적으로 담긴 담시(이야기시, Ballade)를 선호했으며, 평생 동안 즐겨 사용했다. 〈들장미〉는 청년 괴테의 관심사를 담은 담시이다. 괴테는 연인의 사랑을 담은 민요와 교훈적 성격이 강한 헤르더의 시를 3연으로 재창작하여 형식적 간결함과 극적 긴장감을 높이고 있다.

소년이 보았네 작은 장미
들에 핀 장미
갓 피어나 아침처럼 고왔네
얼른 달려갔네 가까이서 보려고
큰 기쁨으로 바라보았네
장미 장미 장미 붉어라
들에 핀 장미

〈들장미〉는 시적 화자가 '소년'의 시선으로 이야기를 전개해 나간다. 소년은 '갓 피어나 아침처럼' 고운 꽃을 가까이서 보기 위해 달려가 기쁨을 얻는다. 동적인 소년과 정적인 꽃의 대비가 돋보인다. 또한 후렴구에서는 앞서 여러 번 등장한 장미가 계속 반복된다. 이 시에서 후렴구를 비롯하여 자주 '장미'를 언급함으로써, 후각적인 이미지를 사용하지 않았음에도 장미 향이 나는 듯한 착각을 일으킨다.

> 소년이 말했네 널 꺾을 테야
> 들에 핀 장미
> 장미가 말했네 널 찌를 테야
> 네가 영원히 나를 생각하도록
> 그리고 참고만 있지는 않겠어
> 장미 장미 장미 붉어라
> 들에 핀 장미

1연에서 장미로 인해 큰 기쁨을 느낀 소년은 이제 시각적 향유 대상인 장미를 소유하기 위해 '널 꺾을 테야'라고 위협을 가한다. 그러나 장미는 헤르더 시에서의 '꽃'처럼 소극적으로 당하고 있지만은 않는다. 장미는 자신의 무기인 가시로 '널 찌를 테야'라고 맞서며 긴장감을 높인다. 그러면서 시적 화자의 시선이 '소년'에서

'장미'로 교체되어 나타난다.

거친 소년이 꺾었네
그 들에 핀 장미
장미는 저항하며 찔렀네
비명도 신음도 소용없었네
참을 수밖에 없었네
장미 장미 장미 붉어라
들에 핀 장미

마지막 연에서 소년은 위협을 실행으로 옮긴다. 결국 장미를 꺾은 것이다. 그리고 장미 역시도 예고한 대로 소년을 찔렀다. 하지만 치명적인 상처를 주었는지는 알 수 없다. 3연에서도 시적 화자는 장미의 시선으로 이야기를 전개한다. 그래서 장미의 비중도 더 많아진다. 마지막까지 결의를 보여준 장미지만, 후렴구에서 부르짖는 붉은 시각적 이미지는 이제 장미 향을 머금기보다는 참혹한 핏빛을 불러일으키며 막을 내린다.

앞서 헤르더의 〈꽃〉에서는 '꽃봉오리'가 단순히 자연 상태의 꽃을 지칭했다. 하지만 괴테의 〈들장미〉에서는 '장미'가 식물이자 여성의 의미를 내포하고 있으며, 나아가 사회적 약자나 취약 계층으로도 생각할 수 있다. 또한 〈들장미〉가 프리데리케 브리온과 괴테가 사랑을 나누던 시절에 쓰인 '제젠하임의 시' 중 하나라는 점을 감안한다면, 표현론적 관점*으로도 해석이 가능하다.

〈들장미〉는 지금까지도 '과거의 모티프를 활용해 재창조된 완벽한 예술 작품'이라고 평가받는다. 후렴구와 각종 운율적 요소들도 음악적으로 빼어났기에 많은 후대 작곡가들을 매료시켰을 것이다. 그럼에도 '소년'의 야만성과 폭력성, 그로 인한 '장미'의 희생을 과거의 것으로 치부하거나 그저 반면교사로 삼기에는 계속 잔상이 남는다. 그렇기에 장미의 고통에 대한 연민과 공감의 시선이 수반되어야 할 것이다. 앞으로 소년과 장미가 서로를 꺾고 찌르는 것이 아니라 상호 존중하며 함께 같은 곳을 바라볼 수 있게 한다면, 〈들장미〉는 언제나 우리 곁에 확고한 고전으로 자리 잡을 것이라 생각된다.

• **표현론적 관점** 문학 작품을 작가의 경험, 감정, 의식, 가치관, 사고방식의 표현으로 보고 이를 중심으로 해석하는 관점.

2. 마왕

작품 읽기

누가 이렇게 늦은 밤에 바람을 뚫고 말을 타고 가는가?
그것은 아이를 데리고 가는 아버지다.
그는 아이를 품에 안고 있다.
그는 아이를 단단히 붙잡고 따뜻하게 감싸고 있다. ―

아들아, 왜 그렇게 두려워하며 얼굴을 숨기느냐? ―
아버지, 마왕이 보이지 않으세요?
왕관 쓰고 망토 입은 저 마왕이 보이지 않으세요? ―
아들아, 그것은 안개 줄기일 뿐이란다. ―

〈사랑스런 아이야, 이리 와서 나와 함께 가자!
너와 함께 아주 재미있는 놀이를 할 거야.
해변에는 여러 가지 색깔의 꽃들이 있단다.
내 어머니는 많은 황금빛 옷을 가지고 있어.〉

아버지, 아버지, 들리지 않으세요?
마왕이 내게 조용히 약속하는 것이? —
진정하거라 내 아들아, 조용히 있거라!
마른 잎새 사이로 바람이 속삭이는 것일 뿐이란다. —

〈귀여운 소년아, 나와 함께 가지 않겠니?
내 딸들이 너를 잘 돌볼 거야.
내 딸들은 밤의 춤으로 이끌며,
요람을 흔들어주고 춤추고 노래하며 너를 잠재워 줄 거야.〉

아버지, 아버지, 저기 보이지 않으세요?
어두운 곳에 있는 마왕의 딸들이? —
아들아, 아들아, 나는 정확히 보고 있단다.
저건 그저 회색빛 늙은 버드나무일 뿐이란다. —

〈나는 너를 사랑해, 네 아름다운 모습에 반했단다.
네가 싫다면 나는 폭력을 써야겠다.〉
아버지, 아버지, 지금 마왕이 나를 붙잡아요!
마왕이 나를 해치려 해요! —

아버지는 공포에 질려 빠르게 말을 몰았고

그의 품에 신음하는 아이를 안은 채
간신히 힘겹게 집에 도착했지만
그의 품 안에서 아이는 이미 죽어 있었다!

상호텍스트성 탐구 — 헤르더의 〈마왕의 딸〉

괴테의 〈마왕〉은 200년이 지난 오늘날에도 여전히 많은 이들에게 강렬한 인상을 남기고 있다. 〈마왕〉은 질풍노도 운동의 영향을 받은 작품으로, 개인의 감정과 자연의 신비로운 힘을 강조하고 있다. 동시에 현실과 환상의 경계를 모호하게 만듦으로써 낭만주의 문학의 특징도 보인다.

    이 시는 헤르더의 〈마왕의 딸〉에 영감을 받아 창작되었다. 〈마왕의 딸〉은 덴마크 설화를 독일어로 번역한 작품으로, 1778년에 출간한 헤르더의 《민요집》에 실려 있다. 그렇다면 괴테가 헤르더의 〈마왕의 딸〉에서 어떤 문학적 영감을 받았을지 〈마왕의 딸〉을 중심으로 살펴보자.

헤르 올루프가 늦게 멀리 말을 타고 가네.
그의 결혼식 손님들을 맞기 위해.

그때 초록 들판에서 요정들이 춤을 추고
마왕의 딸이 그에게 손을 내민다.

1연과 2연에는 주요 인물인 '헤르 올루프'와 '마왕의 딸'이 등장한다. 그리고 행선지는 올루프의 결혼식장이다. 물론 〈마왕〉에서 주요 인물은 아버지, 아들, 마왕이며, 귀갓길로 추정되는 행선지와는 차이를 보인다. 그러나 두 작품은 '악마와의 계약'이라는 모티프를 공유하고 있다. 2연에서는 '요정'의 춤을 통해 초자연적 영역으로의 진입을 암시한다. 그리고 〈마왕〉에서는 안개와 버드나무라는 주변 배경이 '마왕'을 도출하며 아들에게 접근했다면, 〈마왕의 딸〉에서는 초현실 세계의 '마왕의 딸'이 직접 손을 내밀며 현실 세계의 '올루프'에게 접근한다.

"어서 오세요, 헤르 올루프! 왜 그리 서두르시나요?
이리 와서 나와 함께 춤을 추어요."

"나는 춤을 출 수 없소, 춤추고 싶지 않소.
내일 아침 일찍 내 결혼식이 있소."

"들어보세요, 헤르 올루프. 나와 함께 춤을 추면
황금 박차* 두 개를 당신에게 선물할게요.

하얗고 고운 비단 셔츠도요.
우리 어머니가 달빛으로 표백한 것이지요."

"나는 춤을 출 수 없소. 춤추고 싶지 않소.
내일 아침 일찍 내 결혼식이 있소."

"들어보세요, 헤르 올루프. 나와 함께 춤을 추면
금화 한 무더기를 당신에게 선물할게요."

"금화 한 무더기는 기꺼이 받고 싶지만
그래도 나는 춤을 출 수 없고, 춤을 춰서도 안 됩니다."

"헤르 올루프여, 당신이 나와 춤추기를 원하지 않는다면
전염병과 질병이 당신을 뒤쫓을 것이오."

그녀가 그의 가슴을 한 번 쳤더니
그는 겪어본 적 없는 큰 고통을 느꼈다.

그녀는 창백해진 그를 말 위로 들어 올렸다.

• **박차(拍車)** 말을 탈 때에 신는 구두의 뒤축에 달려 있는 물건. 보통 쇠로 만들며 톱니바퀴 모양인데, 말의 배를 차서 빨리 달리게 할 때 쓰인다.

"이제 당신의 귀한 신부에게 돌아가시오."

3연부터는 시적 화자의 사건 서술 대신 마왕의 딸과 올루프의 대화가 시작된다. 마왕의 딸은 올루프에게 춤을 추자고 세 번이나 유혹한다. 그리고 '황금 박차', '비단 셔츠', '금화 한 무더기'로 점차 더 큰 물질적 보상을 하겠다고 제안한다. 〈마왕〉에서는 아이의 시선에 맞춰 재미있는 놀이, 색색의 꽃들, 황금빛 옷, 딸들의 보살핌 등이 제시되는 것과 대조적이다. 올루프는 마지막 금화에 잠시 흔들리는 모습을 보이지만, 결국 모든 제안을 거절하고 결혼에 대한 도덕적 의무와 책임을 다하려는 의지를 보인다. 이에 마왕의 딸은 '전염병과 질병'이라는 초자연적인 힘으로 위협하고 둘 간의 갈등은 최고조에 이른다. 그리고 올루프에게 '겪어본 적 없는 고통'이라는 마왕의 딸의 저주가 현실화된다. 이어 마왕의 딸은 올루프를 결혼식장으로 돌려보내지만, '창백해진' 올루프의 모습은 비극적 결말을 암시한다.

결국 마왕의 딸은 자신의 요청을 거절한 올루프를 죽게 한 것이다. 한편, 〈마왕〉에서도 마왕이 아이에게 함께 가자는 요청을 했으나 아이 역시 이를 수락하지 않았고, 결국 위해를 가한다. 하지만 〈마왕의 딸〉에 비해 그 전개 및 동기가 상대적으로 불명확하다. 아이가 아파서 죽었거나 죽음에 대한 환상을 보았을 가능성도 있기 때문이다.

그가 집 문 앞에 도착했을 때
그의 어머니가 떨며 그 앞에 서 있었다.

"들어보거라, 내 아들아. 나에게 말해 다오.
어찌하여 네 얼굴빛이 창백하고 핏기가 없느냐?"

"제 얼굴빛이 창백하지 않을 수 있겠어요?
저는 마왕의 나라에서 그녀를 본걸요."

"들어보거라, 내 사랑하고 믿음직한 아들아.
그럼 네 신부에게 뭐라고 말해야 할까?"

"그녀에게 말하세요, 내가 지금 숲에 있다고요.
거기서 제 말과 개를 훈련하고 있다고요."

이른 아침, 날이 밝기도 전에
신부가 결혼식 하객들과 함께 왔다.

그들은 벌꿀주를 따르고 포도주를 권했다.
"헤르 올루프, 제 신랑은 어디 있나요?"

"헤르 올루프, 그는 지금 숲으로 갔습니다.
그곳에서 그의 말과 개를 훈련하고 있습니다."

신부가 붉은 비단 덮개를 들어 올리자
그 아래 헤르 올루프가 죽은 채 누워 있었다.

'창백함'은 생명력의 상실을 의미하는 것이기에, 올루프의 어머니는 아들의 얼굴빛만 보고 바로 비정상적인 상태임을 파악한다. 이에 올루프는 어머니에게 마왕의 딸과의 만남을 설명하고, 어머니에게 말과 개를 훈련한다는 거짓말을 하도록 부탁한다. 이 거짓말은 비극적 사건을 예고하는 구실을 하고 있다. 독자들은 이미 결혼식날 올루프가 어떻게 될지 알고 있지만, 신부와 하객들은 상황을 전혀 알지 못하는 비극적 아이러니로 인해 긴장감이 더욱 고조된다. 결국 신부가 붉은 덮개를 들어 올려 뒤늦게 올루프의 시신을 발견하며 이야기는 끝을 맺는다.

이러한 비극적 결말 구조는 〈마왕〉에도 나타난다. 아버지는 말을 몰며 무사 귀환만을 생각하느라, 아이를 품에 안고도 미처 상태를 알지 못해 뒤늦게 죽음을 확인하게 된다. 또한 두 작품 모두 초자연적 공포와 인간의 한계를 제시하고 있다. 다만 〈마왕의 딸〉에서는 마왕의 딸의 사랑에서 비롯된 현실적 복수가 강조된다면, 〈마왕〉에서는 마왕이라는 초월적 존재에 대한 신비로움과 공포가

부각된다.

   이 외에도 〈마왕의 딸〉은 크게 마왕의 딸 장면과 결혼식장 장면으로 구분할 수 있다. 그래서인지 시적 화자의 상황에 따른 서술이 자주 등장하고, 장면 진행에 따라 긴장감이 조절된다. 반면, 〈마왕〉에서 시적 화자의 서술은 처음과 끝에만 나타나며, 사건의 진행과 동시에 마지막까지 긴장감이 계속 상승한다. 또한 〈마왕의 딸〉에서는 대화가 두 인물 사이에 차례로 이루어지지만, 〈마왕〉에서는 아버지가 마왕의 존재를 알지 못한 채, 비밀스러운 삼각 대화가 이루어진다. 이로 인해 〈마왕의 딸〉에서 인물 간의 만남과 대화는 공개적인 반면, 〈마왕〉에서는 상대적으로 폐쇄적이고 비밀스럽다. 끝으로 〈마왕의 딸〉에서 주인공 올루프는 기사이기에 귀족적이고, 유혹 속에서도 신의를 지키기에 도덕적이며, 초월적 존재와 대화를 주고받기에 설화적이다. 한편, 〈마왕〉은 주인공이 아버지와 아들이기에 서민적이고, 아이의 눈으로 보는 애틋함을 다루기에 일상적이며, 다층적으로 해석이 가능하기에 현대적이라고 할 수 있다.

자세히 읽기

1821년, 슈베르트는 그의 작품 번호 1번 〈마왕(Erlkönig Op.1, D.328

in g minor〉〉을 대중에게 선보였다. 비록 328번째로 쓴 작품이었지만, 〈마왕〉은 슈베르트에게도 매력적이었기에 첫 번째 공식적인 출판작으로 선정했을 것이다. 그의 데뷔곡은 말발굽 소리와 싸늘하게 불어오는 바람을 연상시키는 긴장감 넘치는 도입부를 시작으로 불안한 심정의 아버지, 다급한 아들, 달콤하게 유혹하는 마왕, 중립적인 해설자까지 괴테의 〈마왕〉 속 모티프를 음악적으로 구현하여 압도적인 몰입감 선사했다. 〈마왕〉은 슈베르트에게 전문 작곡가로서 큰 성공과 인지도를 안겨주었다. 그렇다면 클래식까지 스며들게 한 〈마왕〉의 강렬한 매력은 과연 무엇일까?

앞서 살펴본 것처럼, 괴테의 〈마왕〉은 덴마크의 설화 및 헤르더의 〈마왕의 딸〉을 모티프로 한 담시이다. 〈마왕〉은 발표되던 해인 1782년에 독일어로 된 민속적 오페라 형식인 징슈필(Singspiel) 〈어부의 아내〉 도입부에서 초연되었다. 이 징슈필에서 〈마왕〉은 어부의 아내가 고기잡이를 떠난 아버지와 남편을 기다리며 부르는 노래로 사용된다. 초연 이후 〈마왕〉은 1789년 《괴테의 작품집》에 담겼다.

〈마왕〉에는 첫 연과 마지막 연에 등장하는 시적 화자를 제외하면 총 세 명의 등장인물이 나온다. 그런데 세 인물은 모두 자신의 말만 하는 일방적인 말하기 형태를 보여준다. 아버지와 아들의 대화도 마찬가지다. 마왕을 떠올리는 순수한 아들과는 달리 현실적이고 계몽주의적인 아버지에게 마왕은 그저 환상에 불과한 것이다. 따라서 아버지는 아들이 처한 위험에 공감할 수 없으며, 결국 이성 및 가부장적 사고로 인한 경직성 때문에 마왕의 폭력 앞에 놓인 아들을 보호하지 못한다.

> 누가 이렇게 늦은 밤에 바람을 뚫고 말을 타고 가는가?
> 그것은 아이를 데리고 가는 아버지다.
> 그는 아이를 품에 안고 있다.
> 그는 아이를 단단히 붙잡고 따뜻하게 감싸고 있다. ─

1연에는 '늦은 밤'과 '바람'이라는 배경을 제시하여 불안한 분위기를 형성한다. 그럼에도 마지막 행을 통해 아버지가 아들을 보호하려는 의지와 사랑을 확인할 수 있다. 또한 작품 속에 등장하는 줄표(─)는 화자의 전환을 나타내는 표지로, 2연에서는 시적 화자가 아닌 다른 화자의 등장을 예고하며 대화를 구분한다. 또한 줄표를 통한 빠른 대화 전환은 상황의 긴박함을 강조하며, 리듬감을 높이는 역할을 하기도 한다.

> 아들아, 왜 그렇게 두려워하며 얼굴을 숨기느냐? ─
> 아버지, 마왕이 보이지 않으세요?
> 왕관 쓰고 망토 입은 마왕이 보이지 않으세요? ─
> 아들아, 그것은 안개 줄기일 뿐이란다. ─

〈사랑스런 아이야, 이리 와서 나와 함께 가자!
너와 함께 아주 재미있는 놀이를 할 거야
해변에는 여러 가지 색깔의 꽃들이 있단다
내 어머니는 많은 황금빛 옷을 가지고 있어.〉

아버지, 아버지, 들리지 않으세요,
마왕이 내게 조용히 약속하는 것이? —
진정하거라, 내 아들아, 조용히 있거라!
마른 잎새 사이로 바람이 속삭이는 것일 뿐이란다. —

아이는 '왕관 쓰고 망토 입은 마왕'의 존재를 감지하고 '아버지, 아버지'를 반복하며 흥분한 어조로 보호를 호소한다. 하지만 아버지는 '안개 줄기'나 '마른 잎새 사이로 바람이 속삭이는 것'일 뿐, 그저 단지 자연 현상이라고 말하면서 아들을 진정시키려고 한다. 이를 통해 아들의 환상적 경험과 아버지의 현실적 해석이 대비되어 나타난다. 반면, 마왕은 '재미있는 놀이', '여러 가지 색깔의 꽃', '황금빛 옷'을 제시하며 아이를 유혹하고 있는데, 마왕의 대사에는 모두 인용부호(〈 〉)가 사용되어 있다. 이는 환상과 현실 세계를 구분하고 마왕의 말에 특별함을 부여하는 효과를 지닌다.

〈귀여운 소년아, 나와 함께 가지 않겠니?

내 딸들이 너를 잘 돌볼 거야.
내 딸들은 밤의 춤으로 이끌며
요람을 흔들어주고, 춤추고, 노래하며 너를 잠재워 줄 거야.〉

아버지, 아버지, 저기 보이지 않으세요?
어두운 곳에 있는 마왕의 딸들이? ―
아들아, 아들아, 나는 정확히 보고 있단다.
저건 그저 회색빛 늙은 버드나무일 뿐이란다. ―

〈나는 너를 사랑해, 네 아름다운 모습에 반했단다.
네가 싫다면, 나는 폭력을 써야겠다.〉
아버지, 아버지, 지금 마왕이 나를 붙잡아요!
마왕이 나를 해치려 해요! ―

    마왕은 이제 자신의 딸들이 잘 보살펴 줄 거라며 아이를 유혹한다. 아이는 이제 마왕의 딸들까지 보인다고 아버지에게 호소하지만, 아버지는 여전히 버드나무를 잘못 본 것이라고 아이를 안심시킨다. 그러나 아이는 '마왕이 나를 해치려 해요!'라고 외치며 절규한다.

    아버지는 공포에 질려 빠르게 말을 몰았고

그의 품에 신음하는 아이를 안은 채
간신히 힘겹게 집에 도착했지만
그의 품 안에서 아이는 이미 죽어 있었다.

시적 화자는 가까스로 집에 도착한 아버지와 그의 품에서 죽음을 맞이한 아이를 묘사한다. 이러한 결말은 자연 앞에서 인간이 지니는 한계와 무기력함을 노출하며 비극성을 극대화시킨다.

〈마왕〉은 단순한 공포 이야기를 넘어 인간의 한계와 자연의 힘, 현실과 환상의 경계, 그리고 죽음에 대한 깊은 통찰을 담고 있다. 또한 괴테는 마왕의 실체를 명확히 드러내지 않음으로써 독자의 상상력을 자극하고 다양한 해석의 여지를 남긴다. 이러한 요소들이 복합적으로 작용하여, 지금까지도 〈마왕〉은 다양한 매체와 장르를 통해 우리 곁에서 강렬한 매력을 발산하고 있다.

세계문학을 읽다 15

괴테를 읽다

1판 1쇄 발행일 2025년 6월 16일

지은이 최준호

발행인 김학원
발행처 (주)휴머니스트출판그룹
출판등록 제313-2007-000007호(2007년 1월 5일)
주소 (03991) 서울시 마포구 동교로23길 76(연남동)
전화 02-335-4422 **팩스** 02-334-3427
저자·독자 서비스 humanist@humanistbooks.com
홈페이지 www.humanistbooks.com
유튜브 youtube.com/user/humanistma
페이스북 facebook.com/hmcv2001
인스타그램 @humanist_insta

편집책임 문성환 **편집** 윤무재 **디자인** 차민지
용지 화인페이퍼 **인쇄** 청아디앤피 **제본** 민성사

ⓒ 최준호, 2025

ISBN 979-11-7087-344-0 44800
      979-11-6080-836-0 (세트)

- 이 책은 저작권법에 따라 보호받는 저작물이므로 무단 전재와 무단 복제를 금합니다.
- 이 책의 전부 또는 일부를 이용하려면 반드시 저자와 (주)휴머니스트출판그룹의 동의를 받아야 합니다.